DARIA BUNKO

シダは雪獅子さまのもの

鳥舟あや

ILLUSTRATION 石田 要

ILLUSTRATION
石田 要

CONTENTS

シダは雪獅子さまのもの 9
あとがき 296

この作品はフィクションです。
実在の人物・団体・事件などに一切関係ありません。

シダは雪獅子さまのもの

【 1 】

セン国は雪獅子《ゆきじし》の国。

青い髪と瞳に、白皙《はくせき》の肌を持つ、雪獅族《せっし》の国。

ひと度、彼らが本性を現せば、雪や真珠に似た純白の獅子となる。

その白い毛並みに青く彩られたひと筋の鬣《たてがみ》をたなびかせ、戦野を駆ける様は勇壮で、緑豊かな水辺を愛す姿は強く賢い生き物そのものだ。

その賢い生き物を統べる王の名は、ウェイシという。

この男、嫁がこない。

本来、この男はすこぶる性格がよろしく、臣民にも好かれる心根の優しい王なのだが、かつて、大きな戦があった折、その戦いぶりがえらく恐ろしかったことが評判となり、そこから、「残忍で恐ろしい王だ」という噂《うわさ》が一人歩きし、あっという間に近隣諸国へと伝わり、「まぁ、弱い王より恐ろしい王のほうが余計な戦を吹っかけられなくていいだろう」と放置しておいたら、いつの間にやら、「見た目もおぞましい獰猛《どうもう》な獣で、生きとし生けるものすべてを喰い散らかす王だ」と噂に尾ひれがつき、平和になったいまでも嫁がこない。

お嫁様はこないが、セン王国には、今年もあの季節がやってくる。

雪獅族が、発情期に入るのだ。

常春の国の、その短い冬が訪れるすこし前。この時期になると国内では子作りが活発になり、年頃の雪獅族は、それこそ、王族も、貴族も、平民も、軍人も、身分に関係なくお嫁様やお婿様を探し、既に伴侶のいる者は朝も昼も夜もなく大いに励んだ。

けれども、いちばん子作りして欲しい肝心の王様には、子作り以前にお嫁様がこない。

「貴族や武門の出の子女子息などを強制的に召し上げましょうか？」

「意に沿わぬ結婚をさせるのは可哀想《かわいそう》だろ。いらんいらん」

「ですが、近隣諸国からは見合いも姻戚同盟も断られておりますれば……」

「俺との結婚を遠慮してるだけで、どの国も、俺以外の王族とはそれなりに婚姻関係を結んでくれてるじゃないか。それで良しとしろ」

「しかし、国家安泰の為には、陛下のご成婚とお世継ぎが……」

「中途半端に俺が結婚して姻族関係による同盟を結べば、いまの均衡のとれた平和的な力関係が崩れてしまう。うちの国は大きいからな。俺が嫁をとって、俺の国が嫁の故国の後ろ盾になれば、その国だけが威勢を増す。それが分かっているから、どの国も断るんだ。誰だって余計な火種は作りたくないもんだろう？」

「ですからこそ、ご正室は勿論《もちろん》のこと、四方八方からもご側室様を迎えられて……」

「皆で仲良くできると思うか？　前の戦争も、その前の戦争も、あれだけ話し合って、戦って、それでも結局は無理だったんだ。俺たちは仲良くしている時期よりケンカしている時期のほうが長い。……だから、このままでいい。いまの平和を乱すな。いまは俺が結婚する時期じゃない。……だから、な？　まぁそう焦るな、気にするな」

気を揉《も》んでばかりの臣下の言葉を、ウェイシは闊達《かったつ》に笑い飛ばす。

ウェイシの言葉はもっともで、国家間における現状維持がどれだけ大切かを理解しているから、臣下一同も強くは出られない。強くは出られないけれど、頭は悩ませている。

このままでは、ウェイシを除く王侯貴族ばかりが嫁や婿を娶《めと》って、子沢山になっていく。肝心の王には世継ぎがいないのに、王の親族や貴族にばかり次の世代が溢《あふ》れていく。

こういう状況は、政治的によろしくない。

ウェイシの後釜を狙って内乱が起こるかもしれない。内乱によって国家が弱体化した頃合いを見計らって、近隣諸国がまた戦争をしかけてくるかもしれない。もしくは、他国間の戦争に巻きこまれた時に国が弱っていて、それに対抗する力やまとまりを損なっているかもしれない。

セン国は、嫁がきても困るし、嫁がこなくても困るのだ。

それになにより目下の問題は、雪獅族が待ちに待った発情期なのに、妻子のないウェイシに遠慮して、「私めは陛下に敵対の意志がありません」と示すように、王侯貴族が嫁を娶ろうとしなかったり、子作りを消極的に捉える傾向にあることだ。

近頃は、王侯貴族はおろか、国民までもが繁殖を自粛する風潮になってきた。

「このままでは国体が弱る……十年後、二十年後、百年後の生産力が低下する……とりあえずなにがなんでも陛下に嫁と子供を……！　ただでさえ長いこと嫁の来手がないのに！」

「性欲の我慢は心身によろしくないと触れでも出すか？　交尾奨励令とか言って」

「……陛下、笑っておられる場合ではありませぬ」

ウェイシがあまりにも大きく構えているから、周りは余計に「せめて私どもが焦って急《せ》かして追い立ててなんとかしないと！」と躍起になり、嫁狩りのような状況になっていた。

嫁狩りと言っても乱暴なものではなく、あちらに良い娘がいると聞きつければそれとなくお伺いを立て、こちらに器量良しがいると聞きつければ一目散に駆けつけ、向こうに尻のでかくてイイ女がいると知れば馬を走らせる……という人海戦術だ。

シダという男もまた、国の威信をかけて嫁を探し回っている者の一人だった。

この男、本来は隠密などという裏仕事を専門にこなしているが、ここ最近は、専ら陛下の嫁探しが本職になりつつある。

「シダ、ただいま戻りました」

本日の嫁探しを終えたシダが、部下のアクイラを伴い乾清宮《けんせいきゅう》に足を踏み入れる。

そこには、ウェイシではなく大臣や宦官《かんがん》たちがぞろりと雁首《がんくび》そろえて待ち構えていた。

「シダ、陛下がまたお逃げになられた」

「シダ、お前なら陛下のお隠れあそばす場所を知っているだろう？　連れて来ておくれ」

「シダ、お前のような者がこの国で役職を得て働けるのも、すべては陛下のご厚意なのですから、きちんと本日の嫁候補を陛下にお見せして、お前の務めを果たしなさい」

シダ、シダ、シダ……国家の重鎮たちは口をそろえてウェイシの代わりにシダに説教をする。

シダに言っておけば必ずウェイシに話が通ると分かっているから、誰も彼もがこうしてシダに小言をくれるのだ。

「陛下にお伝え申し上げます」

シダはいつも通りの返事をすると、ウェイシを探す為にアクイラを連れて乾清宮を辞す。

シダは、雪獅子とヒト喰いの合いの子だ。

シダのふた親のどちらかがヒト喰いで、どちらかが雪獅族になる。

シダは、物心ついた時にはもう両親がおらず、戦災孤児だった。

二十年近く前に起きたセン国と北の帝国との戦争の、そのどこかでシダの両親は出会い、そして、死んだのだろう。ヒト喰いは珍しいから、恐らく、戦争の最中《さなか》にどこかの誰かに捕まえられて、そこで殺されるか食べられるかして、雪獅族のほうは戦死だと思う。

親のいないシダは、同じような境遇のいろんな種族の子供たちと徒党を組んで、戦場で餌《えさ》を漁《あさ》っていたところを捕まえられ、貢ぎ物のひとつとしてウェイシに献上された。

ヒト喰い族は、希少種だ。同種族間では繁殖が不可能な血筋で、異種族との交配でのみ数を増やす。しかも、その異種間との交配でも、ほとんど満足に生まれない。

シダは、筋骨隆々とした雪獅族に比べれば華奢《きゃしゃ》ではあるが、人間よりはずっと身体的に恵まれていた。それに、ヒト喰いの本性ともなれば、両腕は翼になり、立派な毛皮と角が獲《と》れて、脚も速く俊敏で、なにより戦闘能力が高い。戦うことに特化した種族だ。

そのうえ、ヒト喰い以外がヒト喰いを食べると長生きするという迷信もあって、戦中に乱獲されて、一気に数が減った。

こういう生き物は、価値がある。戦わせれば死ぬまで牙を剥《む》く武器となり、薬にすれば長寿を約束する。その物珍しさから、シダは雪獅族の王ウェイシに献上された。

戦争末期、圧倒的優勢となったセン国の王ウェイシに取り入ろうとする敵国側の考えだ。

そのシダが、いまこうして戦場に立つこともなく、不老長寿の丸薬になることもなく、健康に二十一歳まで生きてこられたのは、ウェイシのお蔭《かげ》だ。

献上品として出会ったその日から、ウェイシが、とても親切に、そして、なんとも有難いことに、まるで弟に接するようにシダを大事にしてくれて、家族のように傍《そば》に置いてくれて、この国で働かせてくれているお蔭だ。

「おや、大きな顔で政庁を闊《かっ》歩《ぽ》する者がいるかと思えば……鬼が参りましたな」

「ヒト喰いの雑種は、鬼にでもならねば出世もままなりませんからな」

「陛下にねだって西廠《せいしょう》提督の座を手に入れただけでは飽き足らぬようで……」

シダが内府を歩けば、よく聞く類の皮肉が、あちらこちらでひそひそと囁《ささや》かれる。

「アクイラ殿、構いません」

シダは、自分より十五も年上の部下に言い含めた。

シダよりも頭ふたつ大きなアクイラは、「は……」とその言葉を聞き入れ、シダに妬み嫉《そね》みをぶつける文官どもに一瞥《いちべつ》をくれるだけに控える。

「だから、それをするなと言っているんです」

シダは苦笑しながらも、自分の代わりに彼らを威圧してくれたアクイラを仰ぎ見て、目配せで謝意を伝えた。

「しかしながら、あれらの小物は、シダ殿の陛下に対する忠義というものをまったく理解しておらんでしょう？　我々はと言えば、戦とあれば剣を手に、戦がなくとも情報戦に命を張っているというのに、陰でくだらぬことをぐちぐちと……」

「彼らも国の為に働いているのですから、多少なりとも腹に溜《た》めこんだものもあるでしょう。陰口も彼らなりの鬱憤《うっぷん》の解消法です。そこに無駄があるならいずれは是正されます。……まぁ、鬱陶《うっとう》しいのは事実ですが、アクイラ殿がこうして怒ってくれるから、俺も、右から左へ聞き流せます。それに、俺はなにを言われても、これからも変わらず、ずっと、陛下に忠誠を示すことさえできればそれで幸せです」

ウェイシに拾ってもらって、命を助けてもらって、食事と衣服を与えてもらって、いまは仕事まで与えてもらっている。シダは、ウェイシの恩に報いたい。その為にずっと傍にいたい。

だから、ウェイシの為に働く武官になった。

けれども、それを殊更に大声でひけらかすつもりはないし、誰かに言ったこともない。

己の主義をおおいに主張して、不特定多数からの理解を得ようとは思わないし、言わずとも理解してくれるアクイラのような男もいる。

ヒト喰いというのは、ヒトの形をしているものならばなんでも喰らう化け物だ。雪獅子の国においても、よその国へ行っても、身分が低い。ただでさえシダはウェイシの恩寵《おんちょう》を得ているし、王宮内でも出世しているほうだ。政庁の役人たちがシダを嫌うのも理解できる。

それは、シダがこの国に来て、この国で生きていく為に、敬愛する王陛下の傍にいる為に、自分にできることをした結果だ。自分の為に、自分が頑張れることをしただけだ。

だが、どうしても、どう足掻《あが》いても、ヒト喰いというだけで嫌われ、疎《うと》まれる時はある。

「……ご職務に熱心なのはよろしいことですが、シダ殿、……アンタ、出世の鬼と言われてるんですよ？　そりゃあんまりだと自分は思うんですがね……」

アクイラから見れば、シダはよく頑張っている。

己の出自を恥じることなく、ヒト喰いとしての力を存分に発揮して、国に尽くしている。

シダの実務能力は高く評価されているし、国内外においても抜群の戦闘能力を誇る。

シダ個人の特質も優れていて、機転が利いて、利発で、部下への思いやりもあって、善良だ。

王に対して愚直に過ぎるところはあるが、職務においては常に成果を出している。

だからこそ、ウェイシから特別に与えられた西廠提督という要職に就いている。

そして、その高い評価はアクイラの贔屓目《ひいきめ》で見たものではなく、シダの努力の結果だ。

無論、ウェイシもそれを分かっているからこそ、シダを国王直属機関の長に据えているし、臣下として信頼を寄せ、傍に置き、可愛《かわい》がっているのだ。

「出世の鬼でけっこう。俺が出世するということは、陛下と国家の利益になる成果をあげたということ。喜んでこれからもこの調子で出世の鬼になりましょう」

「その跳ねっ返りで向こう見ずなところ、直したほうがいいと思いますがね。……三年前の戦争であれだけ負傷したのにまだ懲りないんですか？」

「あの頃に比べれば、いまは槍《やり》も矢も降ってこないし、投擲《とうてき》もないのだから、平和なものです。それもこれも、すべては英邁《えいまい》な陛下によるご采配の賜物《たまもの》です。感謝しないと……」

「……アンタは、ほんと……なんでもかんでも陛下への賛辞に持ってきますね……」

「この世の誉れはすべて陛下のものです。………………見つけた」

シダは、一見すると誰もいない庭園へ足を向けた。

鳥獣類の異民族の血が入っているアクイラは、他種族より抜きん出て視力が優れているが、どこに誰がいるかちっとも分からない。

けれどもシダには分かるようで、庭園の深奥《しんおう》へとよどみなく進み、そこに流れる水路を長い足で跳び越え、緑の鬱蒼《うっそう》と生い茂る花壇を掻《か》き分け、青い花びらの散った芝生に立つ。

「陛下、おはようございます。起きてください。午睡の時間は終《しま》いです」

シダがウェイシに気に入られているのは、こういうところだ。

ウェイシがどこにいても、絶対に、必ず、見つける。

「ふぁ、あぁあ……」

青い花びらと同じ髪の色をした男が、芝生に寝転んだまま大きな伸びをした。

雪獅族は、皆、青い眼と髪をしているが、この王は最も美しい青を持っている。

腰の下まである長い髪は、根本こそ深い藍色だが、そこから先へは群青色、青色、紺碧《こんぺき》色、いろんな色へと移り変わり、毛先は真珠に似た光沢のある水色で終わる。

瞳も同じような色味で、眼球のなかでありとあらゆる青色の宝石が煌《きら》めいて、その目玉がきょろりと移動するごとに万華鏡のように風合いが移り変わる。

「ディヤ、帰ってきたのか。おかえり」

「…………っ、はい、ただいま戻りました」

幼名で呼ばれたシダは、ウェイシの髪と瞳の美しさに見惚《みと》れて返事が遅れた。

「久々に会った気がするな。……おいで、俺のディヤ、顔をよく見せろ」

「御心いくまで陛下のシダをご覧ください……と申しましても、今朝方も顔を合わせたと思いますが……。それと、いまは昼間です。人目もあります。幼名で呼ぶのはお控えください」

ウェイシの目前に膝を突き、己の顔を己の王に見せつつ、シダはウェイシの容貌に見惚れる。

シダが一番好きなのは、ウェイシの顔だ。シダを見てくれる時の、ウェイシの表情だ。この表情が、この男が、シダの宝物だ。大事な、大事な、シダの王だ。

「アクイラも、ご苦労だったな。わざわざ探しに来てくれたのか？」

シダの手を借りて、ウェイシが立ち上がる。

「ええ、探しに参りましたよ。……まぁ、自分は、陛下に御用があると言うより、シダ殿に報告したいことがありまして、後ろをひっついて回っておる次第です」

「あぁ、先に俺を大臣どものところへ連行してからでないと、シダが話を聞かないんだな？」

「さようです」

アクイラとウェイシが話をする間、シダは地面に片膝を突き、ウェイシの服の裾を正し、衣服や靴についた落ち葉を払い、乱れた長い髪を手櫛《てぐし》で梳《す》いて、右の肩へ流す。慣れた仕種《しぐさ》だ。シダのそれは、ウェイシの世話をする宦官よりもよほど手慣れているし、ウェイシもまた、シダにそうして世話を焼いてもらうことを自然体で受け入れている。

さすがは十五年以上も一緒にいるだけのことはある……と、アクイラは苦笑して、「お大臣方の今日の説教は、きっと昨日の件といつもの嫁の件ですよ」と、ウェイシに道を譲った。

「昨日の件？　昨日は城を脱走していないし、見合いもすっぽかしてないぞ？」

「シダ殿が参加した軍事教練に陛下も内緒で混じった件です」

「あぁ、あれか……」

庭園を歩きながら、ウェイシが青い花をひとつ手折る。

半歩後ろを歩くシダは一歩前へ足を踏み出し、ウェイシが後ろ手に差し向けたその花をぱくんと口に含んだ。

珊瑚《さんご》色の唇に食《は》まれた青い花びらが、肉の薄いそれに潰されて、ふしゃりと崩れる。

「陛下……それ、外ではせんでくださいよ」

「うん？　あぁ、ついつい、昔の癖で……。シダ、美味《うま》いか？」

「はい。陛下から頂戴する花がいちばん美味いです」

しゃく、しゃく、しゃく。幾重にも層になった花弁を咀嚼《そしゃく》し、ごくんと喉を鳴らす。

「シダ殿も……、雑食だからと言って、陛下が与えたものをすぐに口に入れないでください」

「すみません、気をつけます」

昔、陛下の手ずから餌を頂戴していた時の癖で、つい……。

「陛下、いまので話を逸《そ》らせたとお思いでしょうが、一般兵に混じって軍事教練に参加なさるのはおやめください。シダ殿も、陛下の我儘《わがまま》をぜんぶ聞き入れずに反対してください」

「承知しました」

「シダ殿はいつも返事はよろしいが、陛下に甘い」

王宮内において、シダのやったことはウェイシの命令、ウェイシのやったことには必ずシダも加担している、という暗黙の了解がある。

軍事教練に内緒で参加も、お忍びで街へ散策に行くのも、ぜんぶ、いつも、二人一緒。

とにかく、シダがウェイシに甘いのだ。ウェイシのしたいことなら、なんでも叶える。

シダが代理で聞かされた大臣の小言ひとつとっても、シダはそれをウェイシの耳には入れはしないし、シダ自身もウェイシに説教をしない。

そして、シダは、己が言われた陰口もまた決してウェイシに言いつけたりしない。

些末《さまつ》なことで己の王を煩《わずら》わせたくないのだ。

「たまにはシダ殿も陛下にご注進ください。シダ殿の言うことなら陛下は必ずお聞き届けくださるのですから……」

「シダが考える程度のことは、陛下はすべてご承知のこと。シダごときが、あれそれと口出しする必要はないと考えます。それに、陛下は本当に危険なことや愚かなことは決してなさいませんから、シダは陛下のご命令に従うだけです」

「シダはいい子だなぁ」

「ありがとう存じます、陛下」

この二人がいつもこんな調子だから、アクイラが代わりになってお小言の伝言役をしているわけだが、結局のところ、大臣どもも、アクイラも、もう諦めているところがあるのだ。

「陛下がまた脱走なさった。……が、まぁ、シダが護衛に付いているから大丈夫だろう」

「あの二人がまた突拍子もないことをやらかした」

「きっと、陛下のご命令でシダが実行したに違いない。あぁ、本当に困ったものだ……」

「だが、最後には皆が笑顔になるようなことばかり陛下がなさるから、お小言を差し上げたくてもあげられぬ」

「いざとなれば陛下はお強いし、シダは自分の命よりも陛下の命を優先する。見極めの上手な陛下であらせられるから、そんなシダを上手《うま》く操作して、上手に立ち回られるだろう」

「それに、いまは平穏な世であるのだし、陛下も、なんだかんだでシダを弟のように大事にしていらっしゃるから、決して無理はなさらぬはずだ」

といった具合に、陛下のことはシダに任せておけばまぁ安心、という風潮があるのだ。

「では、シダ殿、自分は先に西廠へ戻っておりますから、陛下のこと、お願い申し上げます」

かくいうアクイラも、そう思っている一人だ。

アクイラがウェイシに最敬礼し、踵《きびす》を返すと、背後ではウェイシとシダの二人きりになる。

「……で、シダ、お前は今日も俺の嫁探しに精を出していたのか?」

「そうですよ。あなたがちっとも身を固めないから、俺は本業の片手間にあなたの嫁探しです」

この二人は、二人きりになると、途端に話し口調も変わる。

まるで本物の兄弟のように、まるでずっと一緒に育った幼馴染《おさななじみ》のように、それこそ家族のように、すっかり距離を縮めて話す。

勿論、シダはいかなる時でも臣下としての立場を弁《わきま》えている。

それでも、二人きりになると、ただでさえ曖昧な二人の距離感がよりいっそう狭まる。周囲もそれを認めていて、もう修正のきかないところまで繋《つな》がりが深まっているせいか、それについて小言を言う者はいない。

ウェイシにとって、シダだけが親友であり、兄弟であり、気軽に接することのできる人物であり、傍にいても穏やかに息のできる気心の知れた唯一の存在であり、家族なのだ。

「結婚なぁ……、俺はもうすこし遊んで暮らしたいんだがな……」

「俺はあなたに尽くせるならなんでもいいです」

「だからってなぁ……お前、この間は南の国境近くまで行ったんだって？　あっちはまだ情勢不安定だからやめておけよ。お前みたいな希少種は捕まると奴隷に落とされるぞ」

「大丈夫です。あなたのシダは強いです。……それに、いつもと同じことの繰り返しですが、俺はあなたに尽くすことが至上の喜びです。だから、あなたの嫁探しも一所懸命頑張りますし、絶対にあなたに相応《ふさわ》しい最高の嫁を見つけます。安心してください」

シダはそう豪語するが、嫁探しが難航しているのもまた事実だ。

既に、地方領主の子女や子息、諸国の姫君や王太子といったためぼしい人材にはおおかた声をかけてしまっていて、いまは、手当たり次第、嫁候補を招致している段階だった。

それに、これぞという候補を連れて来ても、ウェイシは「どうもピンとこない」ばかり言う。

相手側からも、例の噂や政治的な問題でお断りが多い。

だが、シダをなによりも怒らせるのは、一度は「陛下とお会いします」と言った嫁候補が、ウェイシの威風堂々たるヒトの姿を見た時はきゃあきゃあと黄色い声を上げるのに、いざ雪獅子の片鱗《へんりん》を見せると恐れ戦《おのの》き、子作りどころか嫁入りの話さえ立ち消えにしてしまうことだ。

雪獅子の王に添うということは、つまり、雪獅子の本性と子作りすることだと理解しているはずなのに、「獣はいやだ」と言うのだ。

それが、同じ雪獅族同士であっても、そういうことがままあるのだ。

それどころか、ウェイシ本人がわざと恐ろしい面を見せて、驚かす。

雪獅子のなかでもウェイシはかなり恵まれた体躯《たいく》をしているから、寝所でいきなり本性を見せたなら、相手が卒倒してしまうのも致し方ないと思う。だが、もし、情愛深く、勇敢な者がいたならそれを受け入れるかもしれない。それを期待して嫁候補と引き合わせるのだが、そういう時に限ってウェイシ本人が、「うーん、この子じゃない気がする」と断ってしまう。

「先日の女性は体つきも性格も陛下の好みですし、うってつけだと思ったんですが……」

「なんか……違うんだよなぁ。……なにって訊《き》かれると困るんだけどな？　まず、俺の本性との相性だろ？　それに、政治も風呂もメシもぜんぶ俺と一緒に楽しんでくれないと……」

「何度も口を酸っぱくして言いますが、政治も風呂もメシも城からの脱走もなにもかも一緒に楽しんでくれ……なんて求められても、相手は引きますよ。なかには、受け入れてくれる方もいるかもしれませんが……あなたは相手に求めることが多いですからね……」

「俺の考えや望んでることのすべてを嫁候補全員に説明して、アレは大丈夫でコレは大丈夫じゃない……と確かめるのも面倒だ。……それに、ほら、アレだ、アレ」

「アレ……と申しますと、戦ですか」

「そう、一緒に戦場に立てるくらい強い奴がいいよな」

「一緒に命を賭けて……ってなると余計に難しいんじゃないですかね」

誰しもが「私は陛下と結婚をしたのであって、いきなり死ぬかどうかの話はちょっと……」と戸惑うのが当然だ。例えばこれが運命的な出会いをして、恋に落ちて、愛を育んで、結婚へ至り、その結果として共に戦地へ赴く……というなら分からない話でもない。

だが、まず戦争ありきでは、相手も、「私は死ぬ為に嫁ぐのか」と思い悩むだろう。

「お前くらい出来る奴だったらいいのにな」

戦争も、政治も、なにもかも、シダと同じくらいべったり自分の傍にいてくれたなら……。

単なる臣下でさえこれだけのことができるのだから、嫁ならきっともっと素晴らしいものに違いない。嫁でもないシダでさえこれだけのことをしてくれるのに、ウェイシの永遠の伴侶がそれだけのことさえできないのはちょっと……なんて思ってしまう。

「あなたは相手に期待しすぎなんですよ」

「ピンとこないんだよなぁ……」

「そんな簡単な言葉で片づけないでください」

「お前くらいの顔や性格がちょうどなんだけどな。……俺、そんなに高望みしてないだろ？」

「してないですね」

「俺と初めて会った時のお前が六歳くらいで……、いま、二十一だろ？　お前と十五年かけて築いたものを、また新しい嫁と十五年かけて築くのも面倒だし、十五年でお前と同じくらいの関係になれるかどうかも怪しいし、同じ過程を踏むのも面倒だ。……第一、目の前にお前がいるのに、嫁にも同じものを求めるのはおかしな話だよな？」

「でも、俺と十五年で築けた関係なんですから、嫁さんとなら、もっと早く築けるんじゃないですか？　なんと言っても家族になるんですから」

「知らない嫁と家族になる……ってのも、ピンとこないんだよなぁ」

「だからって、嫁さんに俺と同じものを求めるのはいけません。……あなたの嫁さんになる人なんですから、きっともっとすごい人に決まってるじゃないですか……はぁ、先が長い」

「げんなりするなよ。俺だってもう嫁探しやめたいんだから」

「まぁそう言わずに、気長に頑張りましょう。俺はあなたの子供を抱くのが夢なんです」

「……それ、どういう意味だ？」

「そのままの意味です。それにしてもあなたも難儀ですね。こんなに良い政治を布《し》いて、よく働いて、心根も優しい傑物で、絶対に、良い夫、良い父になると分かってるのに嫁だけがこないなんて……ほんと、どんなに恵まれてる人でも一つくらいは悩みがあるもんですね」

「別に一夜の相手には困ってないからな？」

「知ってますよ。誰が夜の世話をしてると思ってんですか……。まぁ、でも、これから数日はご重鎮方も静かになりますよ。お喜びください、陛下」

「なんでだ？」

「あなた、強制的に嫁を召し上げて意に沿わぬ結婚をさせるのは可哀想だと仰《おっしゃ》ったそうで」

「あぁ、言ったな」

「あなた自身が心のどこかで、本当に愛してくれる人以外とは結婚したくないと思ってるから、そんな言い訳が出るんですよ。意に沿わぬ結婚はしたくないと無意識の拒絶が働いてるんです。だから、それを、それとなく伝えておきました」

「……………お前は俺の知らない俺のこともよく知ってるなぁ」

シダに言われて、それでウェイシは、あぁ、そうなのかも、と頷《うなず》く。

「これで当分は結婚しろ攻撃も控えめになると思います」

「助かった」

「いえ。陛下のご心情を拝察し、それを代弁するなどという無礼をいたしましたことお詫《わ》び申し上げます。……でもまぁ、ちょっとは猶予ができたんだから、その間に腹括《くく》ってくださいね」

「えぇ〜やだなぁ……」

「じゃあ、もうちょっと猶予を延ばせるように適当に言い訳でも作っときます」

「だから、そうやってお前が俺を甘やかすのがいけないんだよ……」

「発情期に国王が禁欲なんて馬鹿げたことやってるからです。とっとと子袋の強そうなメスをがっちり掴《つか》まえて、腰振って、孕《はら》ませて、跡継ぎをばんばん産んでもらってください」

「……シダ」

「…………ああもう……あなたは、ほんと……」

「お前が、腰を振れとか子袋とか発情期とか言い出すからだろ」

「そんな言葉で勃《た》つくらい溜めないでください」

「だって……」

「だってじゃありません。……もう、ほんと……しょうがないですね。……ほら、抜いてあげますから部屋へ行きましょう」

ほんのりと前を大きくしたウェイシの手を取り、シダはしょうがないなぁと笑った。

*

白い石を積み上げて造られた宮城は横に広く、平面的かつ左右対称で、水路と人工河川が無数に流れる。孤を描いた伝統的な屋根の建築物と、砲台などを置く平らな屋根の建造物、それ以外の場所には瓦屋根の建物が絶妙に配置されていて、要所ごとに物見塔が聳《そび》え立つ。

建物の形状が様々なのは、長く続く雪獅族の歴史そのものだ。

時代によって流行が移り変わり、その時々によって物資や物流が変遷し、建築方法も進歩していくから、建物を見れば、おおよそどの年代に建てられたものかが分かる。

王の居住区画と王室庭園、政庁、軍令部、いまは使っていない後宮……、それらはここ数百年以内のもので、ウェイシが王になってから新造した物も多い。すべての区画が長い回廊と橋梁《きょうりょう》で繋がっていて、地下回廊や空中回廊を含めると、その数は五千や一万では足りない。

回廊の両端には水路があり、城内を縦横無尽に走る。細い側溝のような水路もあれば、小川のような水路、池にも見える幅広の水路など様々で、その本数は回廊の倍以上あった。

この国が、水の豊かな国である証左だ。

その流水の、しゃらしゃらとした音色が、そこで働く者の耳を癒し、心を穏やかにする。

透明度の高い水は、半球型の天井から差しこむ日差しを受けてきらきらと青く瞬き、白亜の城を青く彩り、見目鮮やかに照らし、それでいて清廉潔白な雰囲気を醸し出す。

壁面や天井には、硝子《ガラス》玉や七宝、宝石、陶磁器のモザイク装飾が施され、柱廊には金銀細工が惜しげもなく使われている。それらの宝石は、水路の水、陽光、月光、灯籠の灯《ひ》を乱反射して、なんとも言えぬ幽玄かつ荘厳な世界観を作り上げていた。

このように、建築技術も見事な雪獅族だが、彼らは本来、自然物を好む。

特に、水辺と森林だ。

だからこそ、この国には緑と水路が多い。大小の差こそあるが、この手の庭園は街中の一般的な家屋敷には必ずひとつはあって、長屋にさえ共同のそれがある。

ウェイシの居室もまた例外なくその様式が取り入れられていた。

その居室は、目に見える位置に水路はないけれど、水音だけが水琴窟《すいきんくつ》のように響く。宮中を流れるのとは別の水源から引いた水路だ。そこを流れる清流は、日光と月光、蝋燭《ろうそく》や洋灯の灯りを受け、深い青から薄水色へと変わる濃淡を白漆喰《しっくい》と白石の壁に映す。

別珍の青い布飾りや絨毯《じゅうたん》は、室内をより濃密な藍色に染める。水面の反射光はさざ波のごとく壁面を揺蕩《たゆた》い、天の川のようにゆらめく。そのゆらめきは黒檀《こくたん》で作られた調度品の金具さえも星の瞬きのようにちらちらと輝かせ、そして、それがまた水面にきらめく。

全体的に深い青で統一され、重くなりがちな印象だが、室内が陰鬱になることはない。

部屋の天から地まで大きな飾り扉があるからだ。人工庭園に面した漏窓《ろうそう》と呼ばれるそれは、曇り硝子に、花や雪の結晶、幾何学模様や唐草模様を象《かたど》った木製の縁取りを嵌《は》めこんだもので、たくさんの光を室内に取りこむ。日差しがあまりにも眩《まぶ》しい時や、他者の目を遮りたい時は、刺繍《ししゅう》を施した絹張りの衝立《ついたて》や、漏窓とそろいの屏風《びょうぶ》を置けばいい。

寝台には、青い別珍を幾重にも重ねた寝具と、金の装飾で彩られた天蓋《てんがい》がかかる。その寝床は、十人以上の成人男子が余裕をもって並んで眠れるほどだ。ヒトの姿ならばこんな広さは必要ないが、雪獅子の姿になれば、これでも小さいくらいだった。

「んっ、ぅ……ぅ、っ……ぉ、ぁ」

真っ白の毛並みと、鬣の青。四本脚の獣の股間に顔を埋《うず》めて、シダは喉を使う。

唇や舌を使うくらいでは、この獣の一物を満足させることはできない。

陰茎を乗せた重みで押し下がる舌を自分でもできるだけ押し下げて、舌の根を開く。舌の裏から分泌される唾液を頬袋《ほおぶくろ》に溜めて、滑りを良くする。鼻で息をしながら喉の奥を開き、ずるずるとどこまでも入ってくるオスを食道の筒でやわらかく包みこみ、息をするように揉む。

胃の腑に種汁が流れこんでくる。でもこれはまだ先走り。

もっと深く根本まで飲みこまんと、シダは雪深い毛皮の奥へもふりと顔を埋めた。

「……っン、んふ……っん、ぉ……っ」

咥《くわ》えながら、自分で自分の喉をさする。

顎と首の境目がなくなるくらい膨らんだそこに、ウェイシの陰茎を収める。喉まで入れてしまいさえすれば気道で締めることができる。けれども、膣《ちつ》で扱《しご》くような上下運動や前後運動はしてあげられないから、自分の手で喉を上下にさすって外側からも扱く。

これでもウェイシは遠慮してくれているし、本性に見合った立派な陰茎にならないように控えてくれている。これでももし本領を発揮されたら、シダの喉は潰れ、顎は外れ、首の骨が折れ、そもそも、口のなかに含むことさえできていない。

だが、このくらいの太さならシダは慣れたもので、歯も立てずにずるんと飲み干す。

でも、もっと深くまで咥えてあげたほうが気持ちいいのは分かっているから、シダは、こうしてウェイシのオスを慰めるたびに、もっと、もうちょっと、もっと深く、まだ、もっと……と喉を開いて、股の間に顔を埋めて……。

「え、あっ……⁉」

なにかがシダの腰に巻きつき、ウェイシから引き剥がした。

ずるずる……と、丸太のような陰茎がシダの口から抜け出る。

「深く入れ過ぎ。また気を失うつもりか？」

自分の尻尾《しっぽ》をシダの腰に巻きつけたウェイシは、その尻尾でシダの体を後ろへ引き倒す。

「……あ、れ……すみません、っ……きつかったですか……？」

シダは、口端から垂れる先走り混じりの唾液をじゅるりと舐《な》め啜《すす》り、赤ん坊のように両手と両膝をついて寝床を這《は》うと、またウェイシの股間に唇を寄せる。

「そうじゃなくて、お前、どんどん奥に入れようとするから危ないって言ってるんだ」

「そのほうが気持ちいいでしょう？」

「そりゃそうだけどな……」

「では、遠慮なくシダの口をお使いください」

「それで、この間も喉が潰れて三日も声が出なかったじゃないか」

「でも、あの日はあなたいっぱい出しましたよ。……ほら、まだこんなに腫れて可哀想です」

「シダ、こら……シダ……がっつくな、シダ……」

「一度や二度じゃ収まらないんですから、どうぞこの口にお出しください」

べぇ、と長く舌を出し、雫《しずく》を垂らす陰茎を舐めしゃぶる。

大きく育ってしまったこれをもう一度深く呑《の》むのはなかなかに難儀で、シダはすこしずつ唇を馴《な》らし、顎を開き、薄い頬袋でもぐもぐと食む。

「そんなに焦らなくていいだろ？」

「けぅの、……っ、ぉ、ひゃぃあ……まぁあれぅ、あぁ」

「もぐもぐしながら喋《しゃべ》らない。……あと、今日の裁可なら終わらせた」

「あひぁ、……っん、ぷぁ……っ、明日、ウトパラ殿の東廠から報告が上がる、予定で……す。……こちらの報告と合わせて、っン……ぁ……いくつか、ご指示を頂戴できれば……」

亀頭をしゃぶる代わりに、裏筋を舐め上げる。

「今年から、産院と産婆への公費負担を増やしただろ？　あれはどうなった？」

「順調です。五年前に始めた新世帯への補助制度と合わせて、利用率も右肩上がりです。出生率、就学率、世帯収支、数値的には問題ありませんが、局地的な差は横這いです」

「南側か？　あそこには軍を置いてかなり治安維持には力を入れたが……」

ウェイシは、他人には見せない獅子の姿で政治を語る。本性であるこの姿はおろか、尻尾や耳、鬣まで完璧に見せるのは、ここ十数年シダの前だけだ。

「場所はあっても、人の住みにくい土地ですから。山を越えれば砂漠ですし、相も変わらず、血狼族《けつろう》はこちらの領地を狙っています」

「南で栄えてるのは軍施設がある町と交易都市くらいか……一度、見に行ったほうがいいな」

「お供します。……ところで、あの……」

「なんだ?」

「……っ、もう、食べて……いいですか……」

ぐちゅりと舌の上に唾液を溜めて、喉を鳴らす。

「あぁ、好きにしていいぞ」

俺は南へ行く算段を立てておくから、お前はおあずけ食らってた俺の一物をしゃぶってろ。

ウェイシがそう許可を出すと、シダは大きな口を開けてがぷりと頬張った。

じゅるじゅる、じゅぷじゅぷ。ひどい音を立ててがっつく。

かつて、この場面を覗《のぞ》き見したウェイシの従兄弟《いとこ》が、「お前らのアレはなんだ。獣の餌やりか、それとも公務の延長戦か。なんでずっと仕事の話をしてるんだ。艶っぽさも色っぽさもあったもんじゃない。あれなら行軍中の性欲処理のほうがまだマシだ」と呆《あき》れていた。

その時、ウェイシは確か、「そのとおり、これは処理だからな」と答えた。

すると、「なんだ、お前たち恋仲じゃないのか」と驚かれたので、ウェイシは、後ろに立つシダと二人そろって「そういうのじゃないな」「ありませんね」と顔を見合わせて頷いた。

その従兄弟は呆れていたが、次の瞬間には、「しかしながら、さすが付き合いが長いだけあってシダはお前のイイところをぜんぶ把握している。いいな、俺もそういう性欲処理の道具が欲しい」と本音を漏らし、ウェイシは即座に「これはやらんぞ」と答えていた。

その時、シダは、ウェイシの後ろでとても誇らしい気持ちだった。

「ぉ、ぁ……あぁぁ……」

シダは、そそり立つ陰茎を奥深くまで咥え、張り出た亀頭と中太りした竿《さお》を喉の窄《すぼ》まりへと招き入れる。右の掌《てのひら》で、根本の亀頭球と重たい陰嚢《いんのう》をやわらかく撫《な》で揉みながら、左手で自分の首を絞める。そうすると喉が搾れるから、ウェイシは気持ちいい。

裏筋が張って、玉も持ち上がってきたから、もうすぐだ。さっきからずっとウェイシが我慢しているのは分かっている。シダが自分の喉を潰すほど絞め上げてオスを追い上げると、ようやく果てた。鉄砲水みたいな勢いで喉を打たれ、腹の底に迸《ほとばし》る。どれだけ急いで嚥下《えんげ》してもその勢いには追いつけず、ぶびゅっ、と口端から漏れて、鼻腔《びくう》の奥にも抜けて、つんと痛む。

「……うぇ、し……ま、だ……でて、っ……ぇ、っふ……げふっ……」

射精の途中で陰茎を引き抜かれ、シダの顔や、襟を寛《くつろ》げた鎖骨に白濁が散る。

「いや、お前が溺れると思って……」

「ぜんぶ飲めます。何年あなたのシモの世話してると思ってんですか……」

唇を尖《とが》らせ、シダは寝台に横になると両手で陰茎を掴まえ、鈴口に唇を寄せる。

両手で根本から先端まで扱き上げ、陰嚢の底に残ったものまで、じゅるり、ずるり、残滓《ざんし》を啜る。雁首《かりくび》の恥垢《ちこう》も、陰毛の生え際も、犬でもこんなにきれいに舐め上げはしないというほど丹念に舐め清めて、掃除をする。

股周りの毛皮は汗と淫液でしっとりと湿っているけれど、シダの腰に置かれた前脚や、シダが太腿《ふともも》で挟んでいる尻尾は、真ん中にしっかりとした芯が通っているのにふかふかと弾んで、服の上からでも分かるほど触り心地がいい。

おいしい。ちゅくちゅくと赤ん坊みたいに音を立てて、いつまでも陰茎を吸う。長い時間かけてオスの性器にじゃれつき、ふにゃりと皮膚がふやけるほどしゃぶる。シダがそれに異様な執着を見せても、ウェイシは大欠伸《あくび》しながらシダが満足するまで好きにさせてくれる。

「ふぁ、ぁあう……んっ、んン」

思わず漏れた甘え声を咳《せき》払いで誤魔化《ごまか》し、シダはウェイシから離れた。

「もう終《しま》いか?」

「ええ、おしまいです。洗い湯と手拭いをお持ちします」

シダは、さっきまで自分の喉を可愛がってくれていた陰茎に唇を落として礼を述べ、寝台を下りると乱れた襟元を正し、戸口の向こうに控える宦官に湯を持ってくるよう伝えた。

シダとウェイシのこれは、秘めたるものではない。

ウェイシの傍近くで仕える者なら、誰しもがシダとウェイシの関係を知っている。

二人は、お互いのことを、戦友で、親友で、兄弟で、家族だと信じている。

そして、それよりももっと深い、主従という絶対的な結びつきで繋がっている。

その信頼関係の延長線上にあるのがこの行為であり、それは恋や愛を通り越していて、今更、誰かがそれに異議を唱えることなどできない。

「そう言えば……長いことお前の盛った姿を見てないな」

「俺は半分ですから。あなたみたいに血の濃い雪獅子とは違って、発情期も薄いんです」

「昔は大変だったのになぁ」

「もう忘れました」

蒸らした布でウェイシの下肢を拭い清め、「ほら、もうヒトに戻ってください、仕事に戻りますよ」と急かす。

ウェイシは「余韻に浸る暇もなしか……」と大きな伸びをして、ヒト型に戻った。

シダは、ウェイシの首筋、背中から腕、胸もと、腹、そして下肢まですっかり汗を拭うと、新しい肌着を肩に着せかけて前で合わせる。

「ひと汗掻いてすっきりしたんですから、仕事も捗《はかど》ります」

ウェイシを立たせ、自分よりも上背のある男に着物を着せて、帯を締め、前へ回って裾を揃《そろ》えると、洋袴《ようこ》を穿《は》かせ、帯革《ベルト》を腰に巻き、その上からゆったりとした上着を着せかけて、腰の低い位置で腰帯を締める。

雪獅族は、重ね着を多用する。そして、その一枚一枚に繊細な刺繍や縫い取り、縁取りがあって、見た目にも豪奢《ごうしゃ》で、手間暇のかかっている代物が多い。これが豪華であればあるほど身分が高く、裕福な証拠だ。

「なんです？　そんなじっと見て……」

「いや、どの宦官よりも、お前に着せてもらうのが一番しっくりくるな……と思って」

「当然です。毎年、発情期のあなたを慰めるのは俺の役目で、その後に、あなたの身支度を整えるのも俺の役目なんですから」

朝昼晩の通常の着替えは宦官が行うが、発情期の処理をした後だけはシダがする。

雪獅子の姿になったウェイシの取り扱いは、誰よりもシダがいちばん心得ているし、ウェイシも、シダにしかこの姿を見せない。

勿論、周囲も公認だ。そうでなければ、こんなこと普通は許されない。

シダは、国家が認める公娼でも、ウェイシの私妾《ししょう》でもない、一介の武官だ。これは、家族の世話を焼いている……という建前だからこそ、許されることだ。

「なぁ、毎年のように聞くけど、お前のケツは使えないのか？」

「使えたもんじゃありませんね。口で辛抱してください。ケツや膣をお求めなら、きれいどころの宦官でも使うか、嫁を娶ればよろしいかと」

「ケツや膣だけを嫁に求めるのは、なんか間違ってるだろ……？」

「そうですか？　じゃあ、俺は大急ぎであなたと心を通わせられる相手を探しましょう」

「お前がケツを貸してくれたら早いのに」

「絶対に使わせません」

そんなことしたら、妊娠してしまう。シダは、ヒト喰いと雪獅子の間にできた個体で、繁殖力こそ低いが、妊娠できるし、誰かを妊娠させることもできる体なのだ。

「盛りのついたお前を見てないついでに、長いことお前の裸も見てないな」

「同じことを三日前も言ってましたよ」

ぬるめの茶を一杯淹《い》れて、ウェイシに差し出す。

「久しぶりに、一緒に風呂でも入るか？」

「……王と臣下が裸の付き合いをしてどうすんですか……分別つけてください」

「でもお前、こういうことしてる時にも脱がないだろ？」

「寝所で二人そろって無防備になるなんて恐ろしくてできませんね」

いざという時に、ウェイシを守れないのはいやだ。

シダは、さほど乱れていない襟元をこれみよがしに正し、尻に触れてくるウェイシの手を、べちっと叩《はた》き落とした。

「それに、俺は肌を見せるのが嫌いなんです。子供の時分は気にもならなかったですけど、成人したいまは、自分が雪獅族のオスに比べて貧相な体だと自覚していますから」

「軍事教練の後の水浴びじゃ豪快に脱いでたのに?」

シダの体躯は、決して見劣りするものではないし、弱々しいものでもない。

武器と名のつくものならなんでも器用に使いこなし、己の体さえも武器にする武闘派で、常に鍛えられている。筋骨隆々の雪獅族に紛れると実に頼りなげで、儚《はかな》い生き物だと錯覚してしまうが、本来、シダは男らしい体つきなのだ。しなやかな筋肉や、きゅっと締まった腰回り、太腿や尻の肉づきなんかは最高に美味そうで、ご馳走《ちそう》が歩いているようなものだ。

それに、黙って立っていれば、恐ろしいほどの美人顔だ。

見た目も、強さも、雪獅族の美人の条件にぴったり合致している。

ただ、雪獅族の好みの姿形をしているわりに、仕事の鬼で、言葉で敵を制す前に物理で敵を制す性質《タチ》なせいか、はたまた目つきと物言いがきついせいか、言い寄ってくる者はいない……とシダは言い張る。

「お前は損してるよなぁ」

「してませんよ。あなたの隣にいるんですから。……さぁ、陛下、茶はとっくの昔に飲み終わっていらっしゃるのですから、どうぞ公務へお戻りください」

ウェイシの手から茶器を取りあげ、寝室の扉を開く。

欠伸するウェイシが前を歩くから、シダは半歩遅れて後に続く。

毎日ずっと見てきた広い背中を今日も見つめ、その背に揺れる髪に、指先で触れる。

青い髪は、外ハネと内ハネの自由な髪質だ。今日は、刺繍も煌びやかな幅広の絹帯で結っていて、よく似合う。シダはその毛先に唇を落とし、絹帯の結び目を調整した。

「陛下、ようやくお越しくださいましたか。シダ殿も、よく連れて来てくださった」

「待ち草臥《くたび》れましたぞ、陛下……さぁ、今日こそ嫁を選んでいただきます」

「その前に、先日お話しいたしました新法につきましてご提案が……」

日々の政《まつりごと》を執り行う乾清宮へ入るなり、重鎮一同がウェイシを取り囲んだ。

大臣のもとへウェイシを送り届ける役目を終えたシダは、「それでは自分は職務に戻ります」と一礼し、己の職場である西廠へ足を向けた。

「陛下、シダ殿がなにか……？」

ウェイシがシダの背を視線で追いかけるから、禁衛府長官のランルイが問うた。

「あぁ、いや……ふと、シダは嫁をもらわんのかと思ってな？　お前なにか知っているか？」

「陛下がご存じないことを某《それがし》が知る由もありません。……有名ですよ？　西廠のシダ殿は陛下にのみ従い、陛下にのみ盲信を寄せる生き物で、陛下のことしか見ていない、と」

「あいつ、女っ気も男っ気もないからなぁ……」

「………さようですな」

陛下が比較対象の相手では誰も敵《かな》いませんよ、という言葉をランルイは飲みこんだ。

シダに特定の相手がいないのは、いつもウェイシが隣にいるからだ。

軍部内は元より宮廷内にも、「陛下の犬と一生を添い遂げたいとは思わないが、一度はあの小さくて締まったケツの世話になりたい」とシダの尻を狙っている者は大勢いる。

シダは、市街へ巡察に出ても、城内を歩くだけでも、いつでも、どこでも、誰かの目を引く。軍事教練後に十把一絡《から》げで行う水浴びでも、シダを覗き見している輩《やから》がいる。

シダは夏でも薄着にならないし、滅多に肌を出さないから、余計に注目を集めて、妄想や噂だけが一人歩きして、皆が王の所有物に興味津々なのだ。

「陛下も、皆に釘《くぎ》を刺すならそれとなくなさってください。教練への参加は露骨です」

「だって、あいつ、自分のケツが狙われてるのも分かってないから心配なんだよ。他人のそういう目や欲が自分に向けられてるって理解できないんだ。そんな弟が見ず知らずのオスの群れに飛び込んでいったら心配じゃないか。……それに、大切な忠臣が望まぬ交尾で処女喪失したんじゃ可哀想だろう?」

「うちの軍は躾《しつけ》と規律が行き届いておりますから、それは杞憂《きゆう》というもの」

「それは知ってる。だがこれは兄として、年長者として、弟を想う当然の振る舞いだ。許せ」

「陛下、シダ殿はもう二十一ですし、そこいらの軍人よりもよっぽど腕が立ちます」

「あいつは敵を作りやすいから目を離せないんだ。分かるだろ?」

シダは、誰とでも仲良くできる性格ではないし、喋ればつっけんどんで、仕事に熱心すぎて周囲との温度差が激しいし、打ち解けるまでに時間がかかる。

そういうのは、時々、心配になる。恐ろしいほどウェイシに妄信的で、ウェイシの為になら命をも厭《いと》わぬ跳ねっ返りは時に狂信的。友達はいないし、趣味も恋人の影もない。ウェイシさえいればいいと公言して、心と体と言葉と表情と仕種のぜんぶでウェイシへの敬愛を隠さない。前向きで、健気《けなげ》で、一所懸命で、ひたむきな性格で、どうにも放っておけないのだ。

「俺に忠実な可愛い弟をもっと可愛がってやりたいと思うのは、いいことだろう？」

ウェイシにだけ見せるシダの笑い顔、ウェイシの為にある強さ、絶対にウェイシの傍にいると声に出して宣言するその気概。ウェイシは、シダのいろんな面に元気づけられ、王者特有の孤独すら癒される。それに、ふとした瞬間に見せつけられる色香には惚《ほ》れ惚れとする。

「……ほんと、きれいな生き物だよなぁ……」

「陛下……失礼ながら、シダ殿に対する陛下のそれは……」

「うん？　あぁ……俺は本当にいいモノを得たよな。あれは生きた美術品だ。俺の為に生きる宝石で、武器だ。実用的だし、愛《め》でるに十二分の価値がある」

アレは、本当にイイ顔面とイイ尻をしていて、しかも、傍に置くに堪えうる装飾品のような美しい顔《かんばせ》と四肢を持ち、仕事にも熱心で、優秀だ。

ウェイシにとってのシダは、傍にいるだけで安心できる唯一の存在だ。

絶対に裏切らない、最高の武器だ。

「なんだ？　お前たち……急に黙りこくって……？」

「いえ、他意はございません。ただ、陛下がいかにシダ殿をお気に召しているか、信頼を寄せているか、その深度を理解しただけでございます。……さようでございますな、ランルイ殿？」

「は、いかにもその通りで……、中堂《ちゅうどう》殿」

禁衛府長官も、皇帝の秘書である内閣府の中堂も、その場にいる臣下は皆総じて、沈痛な面持ちだ。

嫁の話をしているのに、気づけばいつもシダの話にすり替わっていて、ウェイシによるシダへの賛辞は尽きることがなくて、「……もしかして陛下はシダのことを好きなのでは？」と勘ぐってしまうような言動を常日頃から連発する。

そのわりに、この二人、単なる王と臣なのだ。発情期の世話こそシダがしているが、十五年以上も一緒にいるのに、一度も恋愛に発展したことがないし、ただの一度たりとも共寝をしたことがないし、そんな雰囲気にすらなったことがない。

それは、賢いシダがそのあたりを弁えているからだ。

「陛下は、このシダをヒト喰いの化け物としてではなく、雪獅族と同等の身分扱いにしてくださった上に、衣食住と仕事と生き甲斐《がい》を与えてくださいました。自分は陛下をこそ一生をかけてお仕えする主君として敬愛し、お慕い申し上げておりますれば、身も心も捧げる次第です。恋だの愛だのを陛下へ向けるのは不敬です」

シダはその言葉のとおり、その態度を一貫していた。

王から特別な恩寵を得ているからといって驕《おご》ることなく、でしゃばることもなく、国家の為に尽くしてきた。

シダがウェイシに心酔しているのは、誰しもが理解している。

盲目的に、この人に尽くして、この人の国に尽くして、この人の為にこの命を使って、この人の為に死のう！　という心意気が見て窺《うかが》えたし、三年前の戦争では、ウェイシとともに従軍し、それこそ、自分の命も惜しまず、鬼神のごとき働きを見せた。

終戦後、西廠提督の座を手に入れても慢心することなく、正規軍や警察組織が表だって手を出しにくい案件を一手に引き受け、国家として処理の難しい事案はすべてシダが手を汚した。

それこそ、ウェイシの与《あずか》り知らぬ人殺しも、ヒト喰いも、なんでもこなした。

この場にいる要職に就いている者ならば、一度は必ずシダの世話になっているほどだ。

「シダ殿、汚れ仕事ばかりでつらくはないか」

「陛下の為に生きて死ねぬことほどつらいことはありません。陛下には、それだけの、それ以上の、そうするだけの、そうすべき御人徳があります。陛下は素晴らしい方です。自分は、陛下と国家の為に死ねるなら幸せです」

ランルイや中堂の問いかけに、シダは間髪入れず答えた。

そして、その答えは、シダがウェイシに出会ったその日から今日まで、ただの一度も揺らいでいない。

それこそ、戦場で血反吐《ちへど》を吐いた時も、腕や足がもげそうになった時も、西廠の任務中に拷問を受けた時も、心無い者たちに罵りの言葉や暴力を受けた時も、決して揺るがぬ信念だった。

王の犬。仕事と出世の鬼。西廠のヒト喰い鬼神。

「俺のヒト喰いは、本当に可愛いヒト喰いだ」

そしてウェイシは、そんな狂気じみたシダの思慕を、可愛いのひと言で片づけるのだ。

ランルイも、中堂も、「シダ殿のように陛下を想い慕う嫁がきてくれればいいのに……」と、願わずにはいられなかった。

そして、今日という日は、それを願った全員が天啓を得たりと言わんばかりに顔を見合わせた。

*

「シダ殿が陛下の御子《みこ》を産めばよろしいのです」

満場一致の結論に至った……と、政庁の文武官たちは実に満足げな様子で上奏した。

朝一番に呼び出されたシダは、「なにを仰るかと思えば……」と呆れて己の職場に戻ろうとしたが、「我々はようやく目の前の真実に気付いたのです」と年寄り連中に手を引かれ、その手を強引に振り払うこともできず、背後のウェイシを仰ぎ見た。

大切な話があると言われ、寝ていたところを起こされたウェイシは、「ふぁ……、あーぁあ」、と大欠伸だ。

「陛下との親密度、これまでも陛下の発情期にお世話をなさってきたという実績、それになにより陛下に対する絶対的な服従心と思慕……それらを鑑みれば、自《おの》ずと結果は明白です。この際、もう種族の壁やら血筋や血統などと言っている場合ではありません」

「シダ殿、ご安心くだされ。なにも貴殿を皇后に据え置こうなどという気は努々《ゆめゆめ》ございませぬ。ただ、陛下の御子の母胎になっていただきたい……と、我々はそう申しておるのです」

「シダ殿はこれからも西廠提督としての任に就いてくださって構いません。ただ、その胎《はら》を、この国の為に貸してくだされればよいのです」

年寄りの臣下たちは、矢継ぎ早にシダに畳みかける。

シダが、「国家の為に働くことは、それ即《すなわ》ち陛下の為になる」という大義名分に弱いことを知っていて、王の子の母になることを求めているのだ。

求めてはいるが、これは、ほぼ決定事項だ。彼らの手には、既に、出産計画書やシダにかんする今後の扱いなどをまとめた草案が握られていて、そして、その通り実行する前提で行動し、シダの同意を得るつもりなどない。

「お断りいたします」

それでも、シダは即座に拒否を示した。

続けて、「自分は、雪獅子とヒト喰いの交雑種です。この国では、圧倒的に身分が低くあります。第一、国家の為とはいえ、このシダがどれだけの命を奪ったか、どれだけのヒトや獣を屠《ほふ》り、喰ったかは、陛下を含め諸侯方もよくご存じのはず。皆々様方は、ヒト殺しを陛下の御子の母にするおつもりですか」と玉座のウェイシにも聞かせるように話した。

ウェイシは一国の王だ。王なのだから、もっと位の高い嫁が必要だ。

よしんば身分が低くとも、まっとうな人間でないといけない。

シダが至極もっともなことを言うと、家臣団は黙りこんだ。

「それより、シダは、この首府の治安問題が気がかりです。昨夜、南の血狼族とルァクタ州のシュエ族の間で不穏な動きがあると部下から報告を受けました。これは看過できぬ事態です。シダは子作りをする時間があるなら、働きます。……第一、腹ボテで仕事ができるものか」

極めつけのダメ押しをして、後半は吐き捨てるように彼らの要求を突っぱねた。

「シダ殿は、陛下の御子を産む名誉はおいやですか?」

「いやです」

いやなわけがない。ウェイシの子を産めるのだ。いやなはずがない。大歓迎だ。けれども、それは言葉にしてはならない考えだし、そんな心情を悟られるようなことがあってもいけない。

だから表情も変えないけれど、本心では、こんな名誉な話はないと思っている。

だって、この世で一番強くて、恰好《かっこう》良くて、最高のオスの子が産めるのだ。

こんな喜び、他にない。

でも、むりだ。だめだ、そんなの絶対むりだ。尊敬する命の恩人みたいな男と子供を作るようなことをしたら、幸せすぎて死んでしまう。それに、シダは幸せで死んでしまうくらい幸せだけれども、もし、本当にウェイシの子供を産んでしまったら、その子があまりにも可哀想だ。

あぁ、だめだ、頬がゆるむ。もっときっちり断固固辞して見せて、この馬鹿みたいにゆるんでふにゃふにゃの恋愛脳みたいな脳味噌《のうみそ》の思考回路を隠さねば……。

「シダ殿も実はそんなにいやではないでしょう？　そこをなんとか……っ！」

「なりません」

だめだ、これ以上、追い縋《すが》られたら、「……まぁ、子供くらいなら……」と、押し負けそうだ。「陛下の為に！」と言われると、シダが断りにくいことを全員が理解しているから始末に悪い。ウェイシのことにかんしては、シダは押しに弱いと全員が知っているのだ。

陛下の御為という言葉を前面に押し出して頼みこめばなんとかなると思っている。

「陛下、お助けください」

シダは、玉座のウェイシを仰ぎ見た。

「確かに、コレにはシモの世話になっているが、それはあくまで事務的な処理のそれであって、情の問題でいうと、コレとはもう嫁を通り越して家族や血肉の一部なんだ、それを今更……」

ウェイシが言葉途中で黙りこみ、シダを見やった。

「陛下、どうなさいました？」

「そうか……、俺が嫁をとったら、俺の一番はお前じゃなくなるのか……」

「はぁ？」

シダは盛大に首を傾《かし》げ、ひとまず、腕を掴んで離さない老人たちを引き剥がした。

大股歩きでウェイシの傍らへ近寄り、その足もとへ跪《ひざまず》いてその手を握り、あざとい上目遣いで、「陛下、どうか彼らの愚かな考えを捨てさせてください」と頼みこむ。

「そうは言うけどな……俺が結婚したら、これから先、俺は、嫁のことを一番に考えて、嫁と一番長い時間を一緒に過ごして、嫁と夜遅くまで語り合って、朝一番にお前じゃなくて嫁の顔を見て、休みの日はお前とずっと一緒にいたのに嫁と過ごすことになって、毎日、嫁と笑い合って、祭りの日には嫁と城を抜け出して……、これから先の長い人生、顔も分からず、存在するかもどうか分からん未来の嫁と人生を一番長く共にしないといけないんだぞ」

「……それは、その通りでしょう……、伴侶なのですから……」

「お前、それでいいのか？」

「い、いいも……悪いも……だって、その、……ですから、自分は陛下が結婚なさろうとも、これまでと変わらずお傍におりますし、共に公務に励みますし、なにひとつ変わらず……」

……傍にいられるのか？　いままで、ずっとべったりくっついて、二人で一つみたいに生きてきたのに……これからもそうできるのか？

できないだろ？

……だって、ウェイシが結婚したら、ウェイシは嫁を一番に優先するのだから……。

そして、実際にそうなった時、自分はその現実を受け入れられるか？

「シダ、お前、本当にそれでいいんだな？」

「……で、すが……、いきなり、陛下と恋愛をしろなどと言われても、困りますし……」

この男は、もう家族で、一心同体で、離れられないのだ。

今頃になって、「好きだ、愛だ、子作りだ」……などということはできない。

一緒には戦えるが、一緒に子供を育てる未来なんて、シダは想定していない。

「お前と俺が長く共に過ごすには、お前を嫁にするのが一番だと思わないか？　俺はそう思う、うん、そうしよう！」

「話が飛躍しすぎです。何故《なぜ》そうなるんですか。いまのままでも充分でしょう？」

「だって、お前の一番が俺以外になるのはいやだ」

「……？」

「将来的に、お前が嫁や婿をもらった時に、お前が俺よりも家庭を大事にしたらどうする？」

「シダは陛下を一番に考えます。ですから、家庭は蔑《ないがし》ろになるでしょうから、結婚しません。それに、自分は……仮に結婚ができたとしても、子供は作らない主義ですので……」

シダは、雪獅子とヒト喰いの交雑種のせいか、性別の分化がうまくいかなかった。

通常、雪獅族は雌雄同体で生まれ、ヒト喰いは中性で生まれる。

純粋な雪獅族も、シダのようなヒト喰いも、ある一定の年齢になると性別分化する。

ただ、その分化の過程で、シダのようなあいの子の場合、ヒト喰いの中性性が邪魔をして、稀《まれ》に、オスの体のまま子宮が退化せず、妊娠を可能とする個体が発生する場合があった。

結果として、シダの胎には子宮が残っている。

そして、いま、この胎に残っているメスとしての機能を求められている。

もしそうだしても、この子宮が使いモノになるかどうかは分からない。

ヒト喰いは、性交渉しても種が定着しにくいのだ。

「それでも、……この胎は……」

シダは、力を籠《こ》めて自分の下腹を押さえた。

十年近く前、シダは成長期を迎え、性別分化の時期がきた。

その時に、医者からは、「君はメスを孕ませる心配よりも、オスに孕まされる心配をしたほうがいい」と忠告された。

だから、つまり、この胎は……。

「お前がメスと子作りするつもりがないなら、それはそれでいい。上に乗られないように注意さえしていれば……。……でも、お前とよそのオスとの間に子ができる可能性はいくらでもある。……お前は、そういうことにかんしてはひどく隙が多いから……」

ウェイシは玉座の肘掛けから腕を下ろし、シダの腰を抱いて膝に乗せる。

「陛下……ここで、そういった戯れは……」

「お前が、俺以外のオスの種で孕むんだぞ？」

「い、たい、……痛いです、陛下、痛い……っ、ウェイシ、痛い……っ！」

シダの腹を、ウェイシが強い力で圧迫する。

太い腕が、シダの左の腰骨から右の肋骨《ろっこつ》までをひと抱えにして抱きしめる。

シダは、その重くて固い腕を両手で掴み、引き剥がそうともがくが、びくともしない。

これだからいやなのだ。ウェイシと自分の、この、圧倒的な差。一般的な雪獅子族のオスを相手にするのとは訳が違う。筋力も、腕力も、骨の太さも、何もかもがウェイシに劣る。それは当然のことで、ウェイシに敵わないことはちっとも悔しくないのだが、こうして抱きすくめられると、ウェイシを守るべき自分がひどくメス臭《くさ》い生き物のように思えて、恥ずかしい。

「……お前、こんなに細かったか？」

ウェイシは、シダの抱き心地にまたひとつ眉を吊《つ》り上げた。

重ね着をしたシダの服の下に隠された四肢の抱き心地は、思ったよりも悪い。

「俺はいつもこんなものですし、これでもそこらの人間よりは逞《たくま》しいです。……それより陛下、放してください……っ、苦しいです、……陛下……っ！」

「お前、……お前自身が、よそのオスとの間に子ができたらどうする？」

「どう……って」

「もちろん、お前が孕まされる側だ。……お前、その子を産んだら、可愛がるだろ？　お前は優しくて、生真面目で、ひたむきで、立派な性根を持っているから、きっと、誠心誠意、夫と子に尽くすはずだ。俺はそれを知っている。いままでお前は俺にそうしてきたからな。お前がそういう正しい生き物だって、俺が身を以《もっ》て知っている。……だから、お前は家族を持ったら、きっと、絶対に、家族を一番大事にして、俺を一番にしない」

「………人柄を誉《ほ》められているのに……なぜでしょう、その言葉は素直に喜べません」

シダは他のオスと番《つが》うつもりはないし、この人生、これまでも、これからも、ウェイシに捧げて、永遠にウェイシひと筋で、よそ見なんかしている暇はない。

「お前、俺以外を愛すのか」

「ですから、俺は誰かと番うつもりはありません」

「でも、今後はどうなるか分からない。お前にそのつもりがなくても、発情して正気を失ったよそのオスに襲われて、その種で孕まされるかもしれない」

「返り討ちにします」

「俺に勝てないのに？」

「いや、あなたは周りに敵なしってくらい強いじゃないですか。それと比べないでください。だからっ……痛い……ウェイシ、……ウェイシ！　力、強い、強いんだって……腹、潰れる」

「お前、もう俺の嫁になっておけ」

「頼みますから、話を聞いてください。冷静に、一緒に、国益を追求しましょう?」

「いやだ。……あぁ、だめだな、ほんと……お前が俺の物だっていうことに安心しすぎてた」

シダの顔や体がウェイシの好みだということは、大抵の雪獅子もまた好む見目や肉づきであるということ。ウェイシが誉めそやすシダの勤勉かつ愛らしい心根は、多くの者の心もまた惹きつけるということ。そんなことは分かっていたはずなのに、シダという存在が当然のように傍にありすぎて、シダの言動に安心して、それを囲い込むことを疎《おろそ》かにしてしまっていた。

「美人は三日で慣れるって本当だな」

出会った日からずっと目の前にこんな器量良しがいたら、そりゃ、他に食指も動かないし、この美人に慣れて、この美人が普通だと思ってしまう。

「……しっかりしてください、陛下。物事はよく考えて……」

「だって、嫁にするならお前しかいない。よし、お前が嫁だ」

「…………そんなこと、勝手に決めないで……ください」

言葉ではそう言っているが、いつの間にやら抵抗をやめて、おとなしくウェイシの膝に座ってしまっている。

身に沁《し》みついたこの習性はどうにもならない。

ウェイシが決めたことは絶対。犬にも似た根性が、シダを服従させる。

自分のことをウェイシが決めてくれるのが嬉《うれ》しくて、ウェイシに求められていることが喜びで、ただそれだけの事実に絆《ほだ》されて、ウェイシの意見に従う方向へ流れてしまう。

ウェイシの為を想うなら、もっとちゃんと断らなくてはいけないのに断れず、自分はなんて意志薄弱なのだろう……と幻滅してしまう。

だって、一刻の気の迷いでも、ウェイシが「シダを嫁にする」と公言してくれたのだ。

幸せで死んでしまう。

「……嫁って、具体的になにが求められてるんですか……?」

子供を産めばいいだけですか?

そんなことを前向きに尋ねてしまう。

「俺の為に幸せに生きて……俺の為になることを考えて、俺の為に長生きするようによく寝て、俺の為に健康であるようよく食べて……ずっと俺の傍で幸せにしていればいいと思うぞ」

「いままでもやってきたことじゃないですか……」

ウェイシの為に、仕事の鬼としてまっとうに生きて、ウェイシの為になることだけを考えて、ウェイシの為だけに働いて、ウェイシの利益追求の為に長生きして、よく働く為によく寝て、健康でなくてはたくさん働けないからよく食べて……ずっとウェイシの傍にいて、ずっと、ずっと、ずっと……この人の為だけに生きて……、ただそれだけで、しあわせ。

いままでと一緒だ。

そう考えると、「嫁になっても別に構わないのでは？」と思考がぐらつくが、すぐに我を取り戻し、「いやいやいや、自分は、陛下の御子を産む器ではありません」と縦に頷きかけた首を横にして、やっぱりその決定を突っぱねた。

＊

「とりあえず、お前を膝に乗せていたら勃った。朝議の前によろしく頼む」

シダの大事な雪獅子王様は、シダも驚くほど自分の欲に正直だ。

シダは咄嗟《とっさ》に、「今夜にでもお伺いしますので、それまでは互いに不可侵でおりましょう」と言い捨て、大急ぎで自分の職場へ逃げた。

かと言って、夜の約束をした手前、それをすっぽかすことはできない。

夜半、シダはウェイシの部屋を訪ね、いつもの手順通りに手早くシモの世話を済ませた。

これがまた恐ろしいことに、やることはこれまでと同じなのに、心持ちひとつでシダも驚くほど勝手が違っていた。陰茎をしゃぶりながら、「これが自分の腹をぐちゃぐちゃに掻き回すのか……」と思ってしまった。ひと度そう思ってしまったら、「このカリが入り口を開いて、内壁を抉《えぐ》る。そして、いつも俺の喉にずるりと滑り込む竿がこの胎を串刺しにして……」と、自分の胎に収まった状態を想像して、きゅうと下腹を切なくしてしまった。

こんな邪《よこしま》なことばかり考えず、ちゃんと集中して早く終わらせよう。そう思ってずるずると喉の深くへ呑み干し、もふんと白雪の毛皮に顔を埋めるほど咥えて、「でも、この人のこの立派な体を寝床にして、素肌でごろごろしながら尻尾で撫でさすってもらったら、さぞや気持ちいいだろうな」と、また想像してしまい、一人で上手に軍服のなかに射精してしまった。

「お前、なんか今日はいつもよりすごく気合い入ってたな……というか喉がゆるゆるだったな」

「……っ、ちっ、がう……ばか、ちがう……ちが、ぃます……」

大量の子種を二回分すっかり飲み干したシダは、口端を手の甲で拭って目を逸らした。

「いつもよりしつこい感じだった。……ほんとは欲しいんじゃないか？」

ウェイシはシダの頬を撫で、乱れた前髪を耳の後ろにかける。

「……だ、めです……さわるの……だめ、です……いけません……陛下……っ」

いままでも時々こうされたことはあるのに、どうしてだろう。

いつも以上にウェイシが男前に見えて直視できない。

「黙りこくってどうした？　俺の可愛いディヤ、……トヴァディーヤ？　返事は？」

「……その、名前で呼ぶのは……ずるい……」

幼い頃の名で呼ぶのは、ずるい。

それで呼ばれたら、小さな頃に抱いていたウェイシへの無邪気な好意や、身分や立場を理解せず手放しで甘えていた行為を思い出してしまう。

「耳も、頬も、首も、ぜんぶ可愛い色になってる」

シダの髪を撫で梳き、桃色に染まったその耳朶《じだ》を齧《かじ》る。

くすんだ青鉄色の髪と瞳。それは、雪獅族のように目も醒《さ》めるような青ではない。陽の当たる場所ではなく、夜の闇に紛れて獲物を喰い殺すのに最適な色味。空と海と青い宝石をぜんぶ掻き集めて作ったような、底の見えない愛のように深い色。

「部屋に戻りますっ、後の始末は宦官に言いつけておきますので……！」

ウェイシの肩を押し返し、上着を羽織ったシダは逃げるように部屋を辞した。

室外に控えていた宦官にウェイシのことを頼み、「……あぁ、でも今夜の宦官はウェイシの髪を結う時にゆるめに結う癖があった。そうすると、朝には寝乱れていて、身支度に余計な時間を費やすからウェイシが可哀想だ。やっぱり俺が……」と踵を返しかけて、首を横にした。

後ろ髪を引かれたが、心を鬼にして大股歩きで夜の回廊を進み、できる限り足早に、自分の気持ちが変わらないうちにウェイシの部屋から遠ざかり、自室へ向かう。

……と言っても、シダの部屋はウェイシの部屋の真裏だ。

城の内外それぞれの一等地に西廠提督としての住居を与えられているのだが、なんだかんだとウェイシからお呼びがかかるし、シダも、その都度ウェイシを長く待たせるのがいやで、ウェイシもまた長く待つのがいやで、結局、シダは、ウェイシの居室と扉一枚隔てた先にある小さな部屋をもらった。

ここなら、不届きな暗殺者どもが襲ってきてもすぐに助けられるし、扉越しに名前を呼ばれたらすぐに駆けつけられるし、なにより、互いの息遣いが分かるから安心できる。

シダはわざと遠回りして西廠提督の住居へ戻ったふりをしてから、ウェイシの居室と隣り合う自室まで歩いた。ただ歩いているだけなのに、自分の腹でたぽたぽと揺れる大量の子種汁に、

「この量を子袋に出されたら、確実に一発で孕む……」と、ときめいてしまった。

主君へもよおしてしまう醜い劣情と、背徳的な情動、そして、腹に溜めた種汁。

ウェイシ本人がいなくても、その残滓だけで欲情してしまう淫らな自分に嫌気が差す。

嫌気が差すのに、シダは自室へ入るなり、ウェイシの部屋と接している壁とは反対側の壁の隅に座りこみ、自身の下肢へと指を伸ばしていた。

「……っん、ぅ……っ、ぅ」

自分で服の襟もとを噛《か》み、声を殺す。

重ね着した服にもどかしさを覚え、鬱陶しげに追い払うと軍袴のなかに手を突っこむ。

はしたないほど勃起した陰茎が漏らしたように濡れて、ねばついていた。

ウェイシに奉仕しながら一度は果てたのに、両手のなかで見る間に大きくなる。

掌で圧をかけながら強く扱きたいのに、ウェイシに卑猥《ひわい》な音を聞かせてしまうのでは……と気がかりでそれもできず、ふっ、ふっ……と鼻で短い息をしながら腰を揺らして、じれったさに身悶《みもだ》える。

ずるずると冷たい床を腰が滑る。積み重ねた本の角で、こつんと頭を打つ。けれども、体勢を変えてこの気持ち良さを逃したくなくて、こめかみのあたりがずっと本の角で痛いまま股を開き、腹のなかで揺れる精液や、喉の奥へ咥えこんだ一物の太さを思い出しながら、尻の奥をアレが前後することを想像して、想像しただけで、たいして扱きもせずに達した。

「……いや、っ、だ……っ」

いやだ、こんなの。なんで大好きなウェイシで抜かないといけないんだ。なんで、どうして、大事で、きれいで、大切な宝物に欲を向けなくてはならないんだ。そんなことしたら、ウェイシが可哀想だ。こんな欲得まみれの精液なんかで汚しちゃ、だめだ。

「ん、あっ」

自分を罰するように、ぎゅっと指に力を籠めると、ぷちゅ、と鈴口から飛沫《ひまつ》が飛んだ。だめだと思っているのに、やめられない。

張り詰めた陰茎が苦しい。足が大きく開いて、背中はずるずると壁を滑って、もうほとんど床に寝そべった変な体勢で、首だけが壁に凭《もた》れかかっていて、いつの間にやら積み上げた本も崩れて、床に散らばっている。

こんなことしたくない。

こんな、恋愛だけで生きてるような馬鹿になりたくない。

こんなことしても空《むな》しいだけだから……したくない。

だって、シダとウェイシは絶対に一緒になれない。

これは報われない恋にすべきだ。ウェイシの為にも身を引くことが愛だ。

だってシダは、生まれてから今日までの人生、初恋の存在も、愛情の意味も、生きることの嬉しさも、従うことの喜びも、失うことの悲しみも、想い焦がれることの切なさも、ぜんぶ、ウェイシで経験してきたのだ。

だから、分かる。

大切な人の為に、絶対に踏み越えてはいけない一線があることを……。

「…………うぇ、っ……ぇ、ぃ、しぃ……」

好きな人の為に最善の選択をすることは、シダにとって至上の喜び。

なのに、なんでだろう……いま、すごく、かなしい。

ウェイシ、ウェイシ、ウェイシ。何度も名前を呼んでしまう。唇を噛んで言葉を殺そうとしても、喉の奥が震えて、唇がゆるんで、その名を呼ぶ度に罪の意識に駆られて、そのくせ、大切な名前を呼ぶと唇が幸せで、気持ち良くなってしまう。

なんて浅ましいのだろう。なんて愚かなのだろう。

明日、ウェイシに謝らなくてはいけない。でも、謝る理由を説明できないから、きっと、シダにいきなり謝罪されたウェイシは、あの男前の顔で、シダの醜い欲なんてなにも知らない立派な心根で、きっと、シダにはなにも問わず、ただただ優しく微笑《ほほえ》んで許してくれる。

だから、シダはそれを想像しただけでまた発情してしまい、胸が高鳴る。

自分はなんていやらしいのだろう。そう思えば思うほど、自罰的になればなるほど、きれいなものを汚してしまえばしまうほど、罪悪感と背徳感でシダの陰茎は固くなる。

「…………ウェ、イ、シ……」

「お前のウェイシはここにいるぞ。俺の可愛いトヴァディーヤ」

「ひっ……」

床に寝そべったシダの目前に、ウェイシがしゃがみこんでいた。

ウェイシは、しゃがんだ自分の膝に腕を置いて頬杖《ほおづえ》をつき、星の瞬くきれいな瞳で、いやらしいことに耽《ふけ》るシダを見つめている。

「そんなにすんすんと啜り泣いていたら、目玉がとろけるぞ」

「なっ、に……して……っ、や、ぅわ……っ、見、るな、っ、で、出て……くださ……っ」

シダはその場に正座して、淫液まみれの両手で服の裾を掴み、股間の膨らみを隠した。

「お前は、小さい頃から泣き方が変わらんなぁ」

真っ暗の部屋の隅っこで、誰にも気づかれないように、しくしく、すんすん。

自分の腕や服を噛んで声を殺し、自分の感情も殺して、ウェイシのことだけ考えて、ウェイシの名を呼びながら、泣く。

「す、みません……声、聞こえないように……していたん、です、が……」

ずず、と鼻を啜り、それから、こんな精液臭い部屋にウェイシがいることが耐えられなくて、空気だけでウェイシを汚してしまう気がして、「出てってください……」と小さくお願いした。

「……なぁシダ、俺、やっぱり嫁はお前しかいないと思うんだ」

扉一枚隔てた部屋で、あんなにも切なげに、恋しげに、この名を呼ばれてしまったら、それを知らぬ存ぜぬ聞かぬふりなどできたものではない。

「ウェイシ……」

「なんだ？」

「俺に、絶対に……手を出さないで……」

「どうして？」

「……今更、あなたとの関係を恋愛に持っていくのは難しい」

「本当にそう思ってるのか？　俺と子を生《な》したくないと？」

「あぁ、いや……べつに……恋愛しなくても子供は作れます、ね……、すみません……」

「違うよな？　……子供っていうのは？」

「……特別な事情がない限り、子供というのは、好きな人同士が、恋して、愛して、信頼して、想い合って、そうした結果として作るものが、望ましい……です……」

「お前の言い方だと、俺たちは特別な事情があるから恋愛感情なしで子作りだけする必要があるって言い方に聞こえるが？」

「……あの、あんまり、近寄んないで……距離を詰めないで……ください」

シダは、ずるずると壁伝いに部屋の反対角へ逃げて、顔の前に両腕を立てて隠す。

「どうして？　目を逸らすな」

「…………だ、だって、俺とあなたで恋愛するなんて、おかしい……」

この距離は、この見つめ合う状況は、明らかに、恋だの愛だのを交わす時の距離だ。

「俺はおかしいと思わない」

「……おかしいって、思って……ください……」

「これまでも、この距離でお前と会話したことは数えきれないし、密談の時はもっと近いし、なにより、一緒の寝床に入ったことは星の数ほどあるし、この距離感で一緒に人混みを歩いたこともあるし、戦争中はもっと近い距離でお前と一緒にいた」

「……それと、これは……」

「違うって言うなら、それは、お前の意識が変わっただけだ」

「…………」

「お前、俺に孕まされるの嬉しいだろ？」

「…………」

嬉しいですけど……でも……違うんです、それは……だめなんです。

ウェイシに嘘のつけないシダは、返事をしない代わりに口を噤む。

「お前は昔から俺の物だ」

「はい」

それはそのとおりだ。

「だから俺は、お前のこの薄い胎を膨らませる」

ウェイシは、シダの両腕を五本指だけでひとつにまとめ、その向こうにあるシダの胎を撫でさすり、そして、しっかりとそこを意識させるように圧をかけた。

これからは、ここに俺を受け入れることだけを考えろ、と。

「……っ」

大きな掌で、指が長くて、温かくて、強い。

その手で触れられるだけで、下腹が疼《うず》く。

シダは断る為の言葉を声に出せず、己の胎に押し当てられたオスの強さに固唾《かたず》を飲んだ。

【２】


シダが、まだ十代初めの頃だ。

雪獅子とヒト喰いの雑種であるシダに、遅めの発情期がきた。

雪獅子の発情期は、繁殖欲求が高まり、肉欲に従順で、性欲旺盛になる。

ヒト喰いの発情期は、食欲として現れ、手当たり次第、誰かを喰い殺したくなる。

ヒト喰いは中性で生まれて雌雄に分化しないまま育ち、相手と番う時にどちらかを選ぶようで、あまり性交渉に興味がない。そのせいか、肉欲よりも食欲が優位に出る生き物だ。

けれども、シダは半分が雪獅子だったせいか、肉欲もまた食欲に引けを取らぬほど激しく現れた。

初めての発情期を迎えたシダは、夜は寝間着と寝具を濡らし、昼は所構わず下穿きを汚した。

その上、本能的に、上手な性欲の発散方法が備わっていなかったせいか、誰にも相談できぬまま熱を持て余し、誰にも気づかれぬよう寝込んだフリをして、誰にも迷惑をかけぬよう部屋の隅でしくしくと静かに泣いて、自分の腕を幼い牙でかぷかぷ噛んで誤魔化した。

それを、ウェイシが介抱してくれた。

その時のシダは、もう自分の立場を理解していた。

けれど、ウェイシ以外に触られるのはいやで、ひどい駄々を捏《こ》ねた。

雪獅子の本性をとったウェイシに宥《なだ》めてもらい、その太腿や腹や背中、肩、二の腕をちっちゃな歯型だらけにして、深くて大きな懐にだっこしてもらい、ふかふかの鬣に埋もれながら、自分を慰める方法を教えてもらった。

なにせ、まだ子供だ。敬愛と恋愛の区別がつかないシダは、発情期の熱と相まって、ウェイシの残り香を嗅いだだけで、それが廊下であろうと衆人環視のなかであろうと発情してしまい、ウェイシを目にすれば、その腕や向こう脛《ずね》や髪に腰を押しつけてへこへこさせていた。

その発情期は十日くらい続いて、ぱたりと止《や》んだ。

それからまたすこし経《た》ったある日、シダは元気に遊び回ったまま、急に、ぱたん！　と倒れて高熱を出した。

それで二度目の発情期に入っていることが発覚して、そこでようやく、シダも、ウェイシも、周りの大人たちも、「この子の発情期はなにやらややこしいぞ」……と、気づいた。

実際、シダはひどく苦労した。何年も発情期が安定せず、嘔吐《おうと》や発熱、貧血の症状が続いて、心配したウェイシが自分の侍医を融通してくれた。

「お前は発情すると見境がなくなるようだから、メスを孕ませるより、発情期の凶暴性で我を忘れて相手を喰ったり、行きずりのオスに乗っかって孕まされぬよう自分を強く持ちなさい」

その医者はヒト喰いと雪獅子両方の発情期を抑制する薬を調合し、シダにそう注意した。

なぜかシダの隣で保護者面して同席していたウェイシも、大きく頷いていた。

「自分一人でお医者の話は聞けます、ご公務へお戻りください。シダもすぐに仕事へ戻ります」

「お前の家族は俺だけなんだから、俺もちゃんと把握しないと」

ウェイシは、さも当然のようにそう言って、シダの手を握っていた。

この頃のシダは、ウェイシの日常の世話係をさせてもらっていて、もう何度も戦場まで同伴していたし、ウェイシの発情期の処理も手伝っていた。

「シダは俺の処理をしてくれているから、自分の処理の仕方も分かっていると思っていた」

すまなかったと後からウェイシに謝られた。

「あの、これ……って、相手がいなかったら、自分でするものなんですね……」

「ほんっ、とうに……すまん……」

発情期というのは誰かに世話をしてもらうものであって、相手のいない場合は一人で処理するという概念がシダにはなかった。

だから、持て余した。様子のおかしいシダの発情期にウェイシが気づいて、それでようやく自慰というものを教えてもらい、シダは部屋の隅で泣く理由がひとつ減った。

「箱入りに育てすぎましたな、陛下」

ウェイシは、侍医からそんな小言をもらっていた。

事実、その通りだった。

シダの周りには同年配が一人もいないうえに、ウェイシは、シダを学校に行かせず家庭教師を付け、そこで友人を得る可能性を潰していた。武道を学ぶにも、ウェイシが鍛錬する時に一緒に教えていたから、外に出る機会を悉《ことごと》く奪っていたし、外へ出るにしてもウェイシが必ず一緒で、ウェイシの同伴が難しい時は宦官を伴わせていた。

そうして、シダが単独で世間と接する機会は滅多と訪れなかった。

往々にしてシダの十代はその大半が戦争に次ぐ戦争で、友人と遊ぶ経験はなくとも従軍経験だけは豊富だった。楽しみと言えば、雪獅子の本性になったウェイシに埋もれて眠るくらいのもの。今更ながらに思えば、ウェイシはシダをひどく束縛していた。それは無意識の行為だったけれど、シダには息苦しかっただろうと、ウェイシが謝ったこともあった。

「でも、あなたの発情期の処理を手伝いたいと言い出したのは俺ですし、学校へ行くとあなたと離れる時間が長くなるからいやだと拒否したのも俺です。通学の往復時間であなたの為に茶を淹れることができますし、あなたの剣筋や槍の捌《さば》き方は実に見事なもので、俺はあなた以外からそれを学ぶつもりもありませんし、友人と遊ぶよりもあなたの後ろであなたの背中を見つめていたいですし、そのほうが勉強になることが多いですし、あなた以外の誰かと街で遊ぶくらいならあなたの肩を揉んでいるほうが幸せですし、あなたと一緒のほうが美味《おい》しい物をたくさん食べられますし、なにより、あなただけを戦地に送り出して、自分だけがのうのうと平穏無事に生きているなんて死ぬより苦しいですし、あなたと一緒なら戦地も極楽です」

などとシダが言うから、ウェイシはすっかりそれに甘えていた。

甘えて、そのまま、シダが二十一歳だ。

シダの発情期は、歳を経るにつれ穏やかなものへと落ち着いていった。

シダ本人はオスであることを望み、そちらへ分化を進めたが、ヒト喰いの中性性が作用して、子宮が退化しないオスとして分化が止まった。

こういったものの自然発生率は割と高く、中性種の結果としては珍しいものではない。

けれども、シダには、その、せっかく残ったものを使う意志がなかった。

＊

「すこし時間を置いて考えさせてください……急ぎの仕事もありますので……」

シダは、追い縋る家臣団と目を合わせないようにして、返答を先延ばしにした。

重鎮とウェイシ。双方からの圧力を簡単には拒否できないが、なんとかして拒否する方法を編み出そうと、回答を保留して時間を引き延ばすことにした。

大臣たちに追って来られぬよう急ぎ足で向かうシダの職場は、西廠と呼ばれている。

西廠という名の通り、禁城の西側にある。

西廠は、特殊技能を持つ異民族のみで構成された部署だ。

これは、ウェイシの為に組織されたウェイシの私設部隊であり、ウェイシの一存でのみ動く。他とは一線を画した、指揮命令系統のまったく異なる組織だ。

雪獅族のみで構成される禁衛軍、混成部隊である皇軍、その他、公安、警察、各部各会、省庁、行政、立法、司法、ありとあらゆる組織から完全に独立していて、主な職務は国内外への諜報《ちょうほう》活動と他国の密偵の取り締まり、暗殺、謀略、治安維持、情報収集、等々……。

まぁ、良く言えばなんでも屋、有り体に言えば汚れ仕事専門だ。

シダは、その長だ。長といっても、直属の部下は百名ほどで、首府に常駐している直接的な配下ともなれば更に数は少なくなり、副提督のアクイラ以下十名のみになる。

西廠本部は禁城の外れにあり、表に位置する政庁からは遠く離れている。本部は、城内を巡るどの回廊や水路とも繋がっておらず、百以上ある通用門のうち、西廠関係者以外は出入りしないような奥まった場所に、ひっそりと佇《たたず》んでいた。

周囲を木立ちに囲まれ、地下から湧き出た泉に面した庭があって、西廠の為だけに水路が引かれていて、常に涸《か》れることのない水の涼けさと、曇ることのない木漏れ日が存在する。

その昔、とある皇帝がここに愛人を囲っていたらしい。

かつては、皇帝の為だけに愛妃が舞踊を披露した場所が、西廠の中枢となっていた。

泉を望む庭に面した室内は、右から左、上から下まで漏窓で、たっぷりと光を取りこむ。毛《もう》氈《せん》を敷いた石床の窓際に提督席を据え、それをぐるりと囲むように半円状の長机が置いてある。

あちこちに資料や書籍が積み上げられ、竹簡や木簡が散らかっていた。

どこに誰が座るかは決まっておらず、事務仕事がある時は、敷地内の思い思いの場所で好きなように仕事ができる。

シダは、外仕事以外では提督席が定位置だった。

泊まりこみの時は、奥の仮眠室か、この部屋で部下と共に雑魚《ざこ》寝をする。

簡易の台所も、水浴び場も、井戸もあるから、生活には困らない。

幼い頃は、ウェイシのお世話係なんていう名目で楽をさせてもらっていたが、いまはもういっぱしの大人で、もっと役に立てる役目があるから、世話係は卒業した。

シダは、国の為に働きたい。国の為に働けば、ウェイシの為になる。ウェイシの為に働けるなら、幸せだ。幸せの為に働けるのだから、幼い頃のように、「ずっとウェイシの傍にいられないのはいやだ」なんて駄々は捏ねないし、我儘も言わないし、いい歳をした大人がそんなことを思ってはいけない。それは、子供だから許されたことだ。

シダにとってはウェイシに尽くすことが喜びだけれども、他の者にとっては、家族や恋人と過ごす時間を得たり、趣味の時間を楽しんだり、しっかりとした休息をとることでこそ職務に対する姿勢もより良くなり、それらが日々の励みになるということもまた理解している。

「アクイラ殿、そろそろ今日は終わりましょう」

終業時刻を告げる鐘が鳴っていくらか経った頃、シダから声をかけた。

極力、部下には残業をさせない。それに、シダがあれこれと差配せずとも、優秀な人材ばかりが揃っているので、有事でもない限り、公務が長引くことはない。

「シダ殿、自分はこいつらを連れてメシに行きますが、どうです？　……ユォンの入廠一年目の祝いも兼ねておるんですが……」

アクイラは部下を全員連れて街で食事をするらしい。

今月で西廠に入って丸一年を迎えるユォンという青年がいるのだ。

「皆で行ってください。俺はほら……例のことで……」

ウェイシの子を産む産まないの件は、アクイラにだけ話を通しておいた。

同時に、シダも机周りを片づけて「戸締まりは自分がしておきます」と帰り支度を始める。

仕事柄、有事の際は自宅へ帰ることもままならないが、普段はわりと自由な気風で、部下も残りたい時は朝方まで残っているし、帰りたい時は上司であるシダが残っていても先に帰る。

でも、こういう時は、シダが先んじて帰る素振りを見せたほうが、皆も職場を出やすい。

アクイラもそこを汲《く》んでか、深く誘いはしなかった。

「あと、これ……」

シダは、職場に置きっぱなしの自分の財布を丸ごとアクイラに預けた。

アクイラは、「おう、お前ら、提督殿が酒代をくださったぞ！」と部下に声をかける。

部下から一斉に「ご馳走さまです！」と野太い声で礼を言われて、シダはひとつ頷いた。

本来なら、部下への気遣いはシダが率先してなすべきことだが、シダが飲み会に参加すると部下は呑んだ気がしないらしく、そういったことはアクイラに任せていた。

「適材適所というやつです。シダ殿が酒を呑んでいる姿を見ると、そりゃもう陛下の寵姫《ちょうき》に手を出しているような気持ちになるらしくて、気が気じゃないんですよ」

アクイラは、シダの財布から礼儀を弁えた額だけを頂戴すると、財布そのものはシダに返す。

「アクイラ殿、この財布で……」

「いけません。シダ殿は出しすぎです。あいつらの飲み食いにあわせて出さなくていいんです」

「城で暮らしていると使うアテがないので気にしないでください」

「なくても、いつかの時の為にとっておきなさい。あなたは王宮暮らしが長すぎる。もっと外へ出て、金の使い方を覚えなさい。それも、自分の幸せや楽しみの為に使う方法を、です。陛下の為に使う方法じゃありませんよ？　アンタはほんと自分の幸せってもんを分かってない。……そうして、ハメを外すこともなく、物欲もなく、仏のように生きるには若すぎます。あと、職場に財布を置きっぱなしにしない」

「すみません……」

お父さんに叱《しか》られた面持ちで、けれども素直に、シダはこくんと首を縦にした。

「よろしい、いい子です。……では、また明日。……おう、お前たち、行くぞ」

アクイラは部下を連れて西廠を出た。

「いってらっしゃい。楽しんで」

シダは皆を見送ると、帰り支度を止めて、西廠内の蝋燭や洋灯の灯りを最小限に絞った。

職場で独りになると、喉もとまできつく締めた立ち襟の釦《ボタン》をいくつか外す。

もうずっと何年もそこに積み重ねたままの資料の山に腰かけ、左の腿に右の足首を乗せ、それを机代わりに、遠方の部下から寄せられた報告書を開き、読み解く。

シダは、夜目が利く。真っ暗闇でも、昼間となんら遜色ない。

報告書に目を落としたまま机に手を伸ばし、筆を探す。

しゃらしゃら、さらさら、水路や泉に流れ溢れる水音や、夜の鳥の囀《さえず》りと羽搏《はばた》きが、静かにシダの耳を打つ。幾何学模様の漏窓の影が室内へ伸びる。月と星の光は淡く煌めき、夜の色を反射した水面に照り返され、藍色の闇を宝石のように彩る。

扉のない出入り口に、部下の立つ気配があった。

「ユォンか?」

シダは、白紙の書面に筆を走らせながら声をかけた。

「よ、く、分かりましたね……俺がいるって……」

「あぁ、まぁな。……どうした? 刀に手をかけて……悪党でもいたか?」

「いえ、シダ様ももう帰られたとばかり……その、シダ様とは思わず、不審者かと……警戒をしてしまいました」

「そうか。驚かせて悪かったな。……それと、お前の上着なら仮眠室に置いてあったぞ」

「……どうして分かったんですか……俺の、その……上着の……」

「お前は、いつも上着と一緒に資料を持って仮眠室で休むからな」

この部下には、上着を掛け布団の代わりにする癖がある。

そして、なぜか、資料を読みながら仮眠室で眠るという癖も……。

ユォンは仮眠室から上着を片手に戻ってくると、シダの手元にある報告書に視線を向けた。

「あの、それ……」

「あぁ、もう復号を終える。明日の朝一番で陛下にお見せする」

「復号って……なにも見ずに平文に戻したんですか……？」

「お蔭様で、俺の脳味噌は暗号帳いらずなんだ」

「ぜんぶ覚えてるんですか」

「大体な。……どうした、急がないのか？　アクイラ殿に置いて行かれるぞ。メシを食いっぱぐれるなよ」

シダはここでようやく手元から顔を上げた。

「シダ様は、まだ帰らないんですか。……今朝も、夜明け前には既にこちらにいらっしゃったように思うのですが……」

「他にすることもないからな。気にしないでくれ」

昨日は、ウェイシにあんなところを見られて、それが居た堪《たま》れなくて眠るに眠れず、することもないので仕事をしていただけだ。それでもユォンはまだ何か言いたげな目を向けてくるので、シダは、「俺は家族がないから、仕事が励みだ」と答えた。

たくさんの給金を与えてもらっても、その使い途《みち》すら分からない。国から与えられた俸禄《ほうろく》や、戦果を挙げて得た褒賞は、シダが死んだらすべて国庫へ戻すように一筆書いてある。

いまは、孤児だった頃のように餓《う》えも渇きもないし、服も、屋根のある寝床もある。

欲しい物がなにもないのだ。

ただ、ウェイシが笑ってくれたら、それがとても嬉しい。

時々、仕事中に街を歩いていて、ウェイシの髪に似合いそうな髪紐《ひも》を見つけた時に、「あぁ、お金があって良かった」と思うくらいで、自分の為に金銭を使うのは、とても難しい。

シダの欲しいものはウェイシがぜんぶ与えてくれるから、なにもいらない。

きっと、こんなことを白状したら、またアクイラに説教をされてしまうだろう。

「あ、の……シダ様……」

ユォンは、こくりと唾を飲み干し、一歩、シダへ足を踏み出した。

「シダ！」

「……陛下？」

戸口にウェイシが立っていた。

シダはウェイシの姿を目にするなり立ち上がると、一目散に傍まで駆け寄った。

「お前、こんな暗がりでなにをしている」

「なにって……仕事です。彼は上着を取りに……」

「そんなことは分かっている。それより、今日はよくもまぁ俺の呼び出しを無視してくれたな」

シダがそんなことをするのは初めてだ。

ウェイシは、立ち尽くすユォンに見せつけるようにシダの腰を抱く。

「陛下、部下の前です……」

シダが含みを持たせた眼差しをウェイシに向ける。

ウェイシはその意図を察したうえで、より強くシダの腰を抱き寄せた。

「シダ様、自分は……先に失礼いたします」

上着を片手に、ユォンは先程とは違う意味でごくんと喉を鳴らし、ウェイシに踵《かかと》を合わせて頭を垂れ、最敬礼をとると、足早にその場を辞した。

シダは、「気を付けてな」とユォンを見送り、腰に回ったウェイシの腕を引き剥がすと、また元の位置へ戻って資料の山を椅子にして、報告書の続きに目を落とす。

「シダ、あからさまな避け方をするな」

「ここは職場です。慎んでください。……大体にして、いま、アレがいい具合に尻尾を出しそうだったのに……あなたって人は、もう……ほんとに……」

シダはつっけんどんな言い種で、喉の奥でぼそぼそぼやく。

いままでウェイシを避けたことなんて一度もないから、素っ気ない態度も下手だ。

「俺のディヤ、トヴァディーヤ……顔を上げろ。いま、仕事の話はいい。まだその時期じゃない。……それよりほら、いまのお前の仕事は、俺にその顔を見せることだ」

「………………」

「つふ、……お前、ほんと、俺に逆らえないな」

素直に、でもすこしだけ唇を尖らせて顔を上げるシダの、その目の下の隈《くま》を指の腹で撫ぜる。

「あなたへの逆らい方なんて知りません」

「かわいいなぁ、お前。……でも、ちょっと疲れ気味だな？　隈が濃い」

青白い肌が月明かりを受けて、真珠のようにきれいだ。

青鉄色をした獣の瞳が闇夜に輝き、ウェイシだけを見つめている。

積み重ねた本に片足を上げて行儀悪く座っていると、下町でたむろしている若者にも見える。

いつもはきっちりと着こんでいる服の襟もとを寛げているせいか、日焼けしていない首筋がなまめかしく覗く。そこには、シダが普段見せないような、よそのオスがつけ入る隙があって、いやらしい。

「そんなに無防備だと、俺は気が気じゃない」

「部下の前ではしません。一人だから、すこし気がゆるんだだけです……」

「でも、現に、いまお前の……」

部下は明らかにお前をそういう目で見ていたし、あいつの本来の役目を忘れて欲に走ろうとしていたぞ……と言いかけて、やめた。

シダは無垢《むく》なのだ。自分自身へ邪な欲を向けられたと知ったら、「威厳のない自分は、なんと不甲斐ないことか」と落ちこんでしまう。

それに、あのユォンという男は、ただ単にシダを邪欲の対象として値踏みしていたのではない。ウェイシも、シダも、それを理解したうえで、日々、計画的に動いている。公務と私事を切って離せないシダに、もうすこし器用に立ち回れと言うのは酷だ。

「それで、陛下がわざわざこちらまでお越しとは、一体なんの御用です？」

「今日はお前と夕食を摂《と》ると約束したはずだが、来ないので迎えに来た」

「臣下が主君と席を同じくするつもりはないと辞退したはずですが？」

「お前の意志など知らん。……なんなんだお前はいきなり……どうして断る？　最近でも、時々は一緒に食っていただろう？」

「仕事の都合が合えば……、の話です。そして俺はいま忙しくて、申し訳ありませんが食事に付き合うだけの時間がないんです」

「俺の誘いを断るのか」

「陛下の誘いをお断り申し上げます」

慇懃《いんぎん》無礼に断ると、ウェイシに背を向けて資料を漁る。

王に尻を向ける不敬な態度も、シダだから許されることだ。

「俺にケツを向けるな」

「俺はこの資料が気になるんです。そこに複号済みの報告書が上がっていますから、あなたもお暇なら目を通しておいてください。明日の朝お持ちする手間が省けます」

「だから、露骨に避けるな、ケツを向けるな、仕事をやめろ。襲うぞ」

「俺はこれを読んでいるので、あなたは種を付けるならどうぞ？」

できるものならやってみろ。

シダは、ウェイシが無理強《じ》いしないことを知っている。本気でこんな場所で襲ってくるはずがないと分かっている。ウェイシはシダのことを本気で大切にしてくれているし、家族として敬意を払った扱いをしてくれる。腕力に訴えるような下劣《ふらち》な真似はしないと分かっている。

だから、こんな強気の態度に出られる。

「よし、言質は取ったぞ？　いまから俺の種でボテ腹にして……したら、お前は怒るよなぁ……。お前に怒られるのは困るな……お前に嫌われたら悲しいしな……」

酷《ひど》いことはできないし、したくない。しかしながら、シダに嫁にきてもらう為なら、ウェイシはオスとしての本領を発揮せざるを得ない……の、だが……。

「萎えましたか？」

シダは資料を読みながら、ウェイシを見下ろした。

「……お前、毎日こんなに着込んでるのか？」

ウェイシは、シダの着ている服に手間取っていた。とりあえず、襲ってもいいと許可は得たので服を脱がし始めたのだが、どれだけ脱がしても、またその下から服が出てくる。ウェイシは、他人に服を着せてもらうことはあっても、服を着せてやることはなかったから、ちっとも知らなかった。

「なんでこんなに着てるんだ？　暑くないか？」

「この国は、俺には冷えるので」

「温暖気候なのに？」

「半分ヒト喰いですから」

雪獅子の国は水場が多いせいか、ヒト喰いは体温が下がりやすい。

「……だからって、まだ秋口だぞ。昔はそんなに寒がりじゃなかっただろ？」

「あなたと一緒に寝てましたからね。……すみません、小さい頃の話はやめましょう……」

幼い頃の話をするたび、ウェイシへ見せていた自分の剥き出しの感情を目の当たりにしてしまい、居た堪れなくなる。

あんな無分別なこと、いまのシダにはできない。そのせいか、あの時の感情を思い出すたびに過去の自分を羨ましく思ってしまい、そしていまがとても息苦しいと感じてしまう。

「……あぁクソ、お前……お前、ほんと着込みすぎだ……体調崩すぞ。寒いなら言えよ。この建物もそうだけど、お前の部屋なんか特に風通しがいいから冷えるだろ……」

大人になるにつれ寡黙になっていくシダを、さみしいような、成長して嬉しいような心持ちでウェイシは見守っていたが、こんな我慢をさせたかったわけではない。

やっとのことで露《あら》わになったシダの肌を見て、ウェイシは言葉を失った。

着込んでいたせいで気づかなかった。

ついこの間も、シダの腹に腕を回した時にも覚えた違和感の正体。

軍事教練後の水浴びで裸は見ていたし、周りにごついオスが大勢いたから細く見えてもしょうがないとは思っていたが、これは、そういう段階のものではない。幼い頃に比べて肌を見る機会が減って、ウェイシから接触するのも最低限だったから、気づかなかった。

この生き物は、ウェイシに比べると、ずっと細くて、華奢だ。

「こんな体してたのか……参ったな……」

こんなふうに育っていたのか……。

こんなにもやらしい、メス臭い体をしていたのか……。

よそのオスがそういう目でシダを見ていることは分かっていたし、それらから守ってやらなくてはならないとは思っていたけれど、どうやら、ウェイシのシダを見る目には、大事な弟、という薄膜が一枚かかっていて、シダの現状を直視できていなかったらしい。

それを悟った瞬間にはシダを腕に抱えて、床へ引き倒していた。

「……ウェイシ……痛いです。……いえ、陛下、お放しください」

のしかかるウェイシを見上げて、シダは敢《あ》えて陛下と呼んだ。

「抱きたい」

「……な、……んで、急に、そんなことになるんですか……」

下肢に押しつけられたオスに、シダは息を吞む。

奇《く》しくも、シダの貞操はウェイシによって守られ続け、他のオスから遠ざけられてきた。

結果、剥き出しの獣じみた欲と対峙《たいじ》する機会はなく、シダはそれをいなすだけの免疫を身につけていない。

「忘れてるのか？　俺もいまは発情期だ」

いつもは根性と気合いで乗り切っていただけだ。

お前の前では清廉潔白かつ立派な王様でありたいから、それを己に課していただけだ。

目の前に孕ませたい胎があったら、もうたまらん。

「だからって、いきなり……っ、ちょっと、ウェイシ、このっ、ほんと馬鹿力……っ」

ウェイシの下でもがいて、シダはすっかり失念していた事実を思い出す。

そろそろ、雪獅子族が発情期の最盛期に入るということを。

意志薄弱はだめだ。強く、ちゃんと、しっかり、拒まないと……。

「だ、めです……っ、いけません……っ、だめ、って、す……、ウェイシ、っ……」

「……………お前本気で抵抗する気あるか？」

小鳥のようなシダの抵抗に、さすがのウェイシも呆れ気味に手を止めた。

「あっ、ありますよ、当然……でも、だけど……だ、って、無理じゃないですか……っ」

自分のあるじに本気で逆らうのは、とても難しい。

それが好いた相手なら尚更《なおさら》だ。心の奥底の、本能ではどうしようもない部分が喜んでしまって、ウェイシの肩を掴んで押し返すべき手を、その首に回してしまいそうになる。

そんなことはもうとっくにウェイシに見透かされているのかして、ウェイシは、ただシダを抱き寄せるだけで、手を出してこない。上半身こそ前の合わせを乱され、冷たい肌に手が触れているが、ウェイシはその手で不埒な真似には及んでくれない。

シダから欲しがることを望んで、待ってくれている。

「目を瞑《つむ》るな」

ウェイシは小首を傾げ、シダの瞳を覗きこむ。

肩口から滑り流れた青い髪が、シダの頬に流れる。ウェイシの髪は、この世のすべての青を集めた色だ。長く美しい髪が幾重にも重なると、青が深くなり、夜空の色になる。まるで闇色の緞帳《どんちょう》。シダの目の前に、星屑をちりばめた夜の帳《とばり》が落ちる。

ウェイシが小首を傾げれば、その繊細な青い絹糸の、細い細い隙間から蝋燭の灯りが差しこみ、ちらちらと星のように瞬き、極光のように揺らぐ。

頬に触れる髪がくすぐったい。それに、いいにおい。距離が近い分だけ、においも濃くなる。懐かしいにおいだ。幼い頃からずっと傍にあった、一番身近なにおい。

そうして、ウェイシは、ひとつひとつ己の美点を惜しげもなく披露して、シダの我慢をじわじわと崩していくのだ。屈服すれば、お前はこんなにも立派なオスが手に入るのだぞ、と。

シダは、思わず目を閉じてしまいそうなその色香に、うっとりと耽溺《たんでき》してしまう。

「ウェイシ……、いけません」

股の間に割りこんできた太腿が、シダの足を開かせる。

「なにが？」

「……は、ずかしい……」

ウェイシは身も心もいつも通りで、髪のひと筋さえ乱れていないのに、自分の心ばかりがどんどん暴かれて、無防備な様を晒《さら》してしまう。

「この生娘め……」

顔を背けて恥じらうシダに、ウェイシは俗っぽく喉を鳴らした。

ウェイシに全幅の信頼を寄せつつも、「性交渉を無理強いされるのでは……、いや、ウェイシに限ってそんな……」と身構えるシダも可愛いけれど、ただ服を剥かれただけで身をよじるシダはもっと可愛い。

「見ないで、ください……お願い、します……から……」

昔から、ウェイシが風呂に入る手伝いをしたり、一緒に水浴びをしたりしたことはある。戦中に至っては同じ幕舎で着替えをしていたから、お互いの裸は見慣れたものだ。

だが、それらと、情交の為に裸をさらすのとは、心持ちが違う。

この体は、男だ。傷だらけだし、メスらしい肉感はないくせに筋肉はある。その筋肉量のわりに体温は低く、オスが好みそうな柔らかさもなく、ぬくもりや安らぎを与えてあげられない。

「見たら、幻滅します……だめです……」

「お前からしてみたら、俺が幻滅したほうがいいんじゃないか？　そしたら、俺は子作りを諦めるかもしれないぞ?」

「では、ご覧ください。……ちょっと、ウェイシ、なんで笑うんですか……」

ウェイシはごろりと床に寝転んでシダを懐に抱きこむと、肩を震わせて笑い始めた。

「可愛くてたまらんのだ。お前は、今も昔も変わらず、ずっと可愛い」

「こんな所で横にならないでください。土足で歩いてるんですよ、この床……」

「知らん。いまこうしたいからこうする」

「職場の床です。……ここで、あなたとこんなことをするのは……間違いだ」

間違いだけれども、ウェイシに抱きしめられるのは、きもちいい。

手を出してこないなら、シダを抱きしめるこの腕は、シダにとって最高の盾になる。

いつも、常に、必ず、絶対に、自分を守り、慈しんで、愛してくれる。

頬に触れる胸もとの体温。背中に回された両腕。どれが自分のものか分からないくらい絡んで、こんがらがった四本の足。

太い首筋にシダの毛先が触れると、ウェイシがくすぐったげに吐息を漏らすから、それでまたひとつシダの体温が上がる。

その温度さえ、シダのもの。

ウェイシのなにもかもがシダを温める。

きもちいい。すごく、すごく、きもちいい。

「……は、ふ……ぁ、あー……んっ、ンんっ」

大きな欠伸が漏れる。

それを誤魔化すように咳払いすると、「誰も見てない」と甘く唆《そそのか》される。

「だめです、いけません。誰も見ていなくても、このシダが許せません……陛下、お頼み申し上げますから……ぁー……ふぁ、……っん、ンん、……っふ、ぁあ……」

「分かった、分かったから欠伸を殺すな。ほら、このまますこし寝ろ。水時計がひとつ落ちたら起こしてやるから」

そうして優しく唆されると、仕事の鬼も形無しだ。

眠気を誘うように甘やかされて、その身に馴染《なじ》んだ腕で抱きしめられて、こめかみに唇を押し当てられると、昔からの癖で、頭も体も眠る態勢に入ってしまう。

体が温まってきて、自分とウェイシの体温の差が埋まるにつれて、いろんなことを考えていた頭が思考を放棄して、あやすように語りかけてくるウェイシの優しい言葉にのみ従うことの心地良さに溺れていく。

「くぁ、あ……」

あぁ、この感じ……すごく、懐かしい。

今度は噛み殺すことさえ思いつかずに、頬周りの筋肉が気持ちいいくらい大きな欠伸をした。

「あったかくなってきた。……ほら、疲れた顔をしているから寝ろ」

ぽん、ぽん、と背中を叩いて、寝かしつけられる。

とろとろと瞼《まぶた》が落ちるのを我慢できない。

シダは、睡眠と覚醒の狭間《はざま》で葛藤しながら、無意識の習慣でウェイシの鬣を手の平で弄《まさぐ》り、ぐしゃりと掻き混ぜて指に絡ませた。

髪が乱れると、シダの好きな匂いがより濃く香り立つ。

そこへ鼻先を埋めてしがみつき、ひどく行儀の悪い足癖でウェイシの服の裾を蹴り、太腿の間に足を入れて、ごそごそ。

ちっとも上手じゃないおねだりでも、ウェイシは分かってくれる。

ウェイシが雪獅子の耳と尻尾を出してくれるから、シダは、ふかふかの耳を指先で弄《いじ》りながら、太腿の間に尻尾を挟んでするりとすり合わせ、深く息を吐く。

股の間に尻尾を挟むのは昔からの癖。

時々、足の間に布団を挟む奴はいるが、シダの場合はウェイシの尻尾だ。

小さい頃は、これがないとなかなか寝つけなかったものだ。

そのせいか、長じた今になっても、未《いま》だにこれを与えてもらえると安心する。

疲労の色も濃い目の下の隈が物語るように、シダは瞬く間に眠りに落ちた。

「……すまんな、そのままちょっと寝ておけよ」

シダの旋毛《つむじ》に唇を落として、ウェイシは無防備な尻に手を伸ばす。

起きているシダは絶対に抵抗するから、寝ているシダに手を出すことにしたのだ。

シダは尻を使った経験がないので、なにかと面倒なことが多い。

初心《うぶ》な生娘で、無垢な処女で、男を知らない箱入り息子。

ウェイシがそう育てたのだから、その面倒なところさえ可愛い。

きっと、この小ぶりな尻に一物を咥えさせたなら、壊れるに違いない。

ウェイシのこれを喉の奥まで呑めるようになったのも、ここ四、五年なのだ。

可愛いシダの尻を長く使うには最初が肝心だ。

「ちょっと前まで、こいつの貞操守ることばっかり考えてたのになぁ……」

これから、この尻の世話になるのだと思うと、心がはしゃぐ。

すっかり寝落ちしてゆるんだ尻肉を揉み、唾液に濡らした指を一本ばかし差しこむ。ほんのすこし寝息が詰まったが、指を埋めたままじっとしていると、また呼吸が深くなった。

シダの様子を見ながら何度かじっくりと往復させて、根本まですっかり呑みこませる。

指に触れるのは、左右の尻肉から得る圧、入り口のきつい締めつけ、内臓の温かさ、ふわりとした弾力。シダの寝息が深くなればなるほど締まり、息を吐けば吐くほど奥へ引きこまれる。

ぐじゅりと腸液が絡んで滑りを与え、ただ指を挿《い》れただけでウェイシを気持ち良くしてくれる。

たったの指一本で、ウェイシは自分の股間がひどく痛むのを感じた。

いま、指で味わっているのと同じものを自分の陰茎で味わえるのだと思うと、指から股間へ感覚が直結したのかと勘違いするほど、またぐらの一物が重くなった。

「……うぇ、ぃ、ひ……？」

指を抜いた瞬間に、シダが薄く目を開けた。たぶん、気持ち良かったのだろう。ふるっ、と小さく身悶えて、寝ている間に頬袋に溜まった涎《よだれ》を、口端からとろりと垂らす。

「寝てなさい」

ウェイシにそう命じられると、素直に「……ん」と頷いて、ぽてん、と眠る。

こいつ、本当に俺の言うことならまったく疑わないな……。

素直すぎて、若干、この子の将来が不安になる。だが、まぁ、俺が一生かけて守ればいいのか……とすぐさま思い直し、眠るシダの頬を撫でる。

すぅすぅと健やかな寝息を確認すると、シダの体をひっくり返した。

くたりと力の抜けたシダをうつ伏せに組み敷き、股を開かせて腰を持ち上げ、胡坐《あぐら》を掻いた腿に乗せる。

さっきまで指を含んでいた尻穴は、もう、きゅっと窄まっている。ここが縦割れになって、いつもうっすらと口を開き、発情しっぱなしの穴になるまで時間をかけて仕込む。

仕込んだら、毎日使う。

毎日愛してやれば、ウェイシの形を覚えて、太さに馴染んで、奥が開いて、ウェイシの傍にいるだけで尻が疼くような、ただ歩いているだけで奥が切なくなるような、立ち働いているだけで感じてしまうような、そんな穴になる。

そうなったら、シダの尻は些細《ささい》な刺激でも発情してしまって、生きている限り常にウェイシに支配されて、日常の職務をこなすにも苦労するだろう。……なんてことまで想像するけれど、いまは、まだ狭い。

陰嚢と竿をひとまとめにして揉みしだき、尻のふちをぐるりと指で掻き回す。ふっくらとした会陰を辿《たど》り、親指の腹で陰嚢側から尻穴までをじわりと押しながら滑り上げる。それを一往復するごとにシダの腰が落ち、尾てい骨が下がって、尻だけが誘うように持ち上がる。

すこし体勢が苦しいのか、シダは眉間に皺《しわ》を寄せていた。

ウェイシが腰骨を掴んで位置を変えてやると、目頭がふにゅりとゆるむ。背中を撫ぜれば、強張《こわば》っていた筋肉が解《ほど》けていく。あちこちがゆるみ始めると、尻に含む指の数も増やせる。

「……ん、ぁ？」

「もうすこし寝てなさい」

両手の塞がっているウェイシは、尻尾でシダの背中を撫でた。

「ぁ、い」

夢見心地に舌っ足らずな返事をして、くぅ……と眠りに落ちる。

本当に、徹頭徹尾、ウェイシの言葉に従順な子だ。どんな時でもこの調子で、ウェイシに対する態度や姿勢を変えたことはなくて、ウェイシの言うことに逆らったことは一度もない。

ウェイシの為を想って視野狭窄《きょうさく》に陥り、がむしゃらに突っ走ることはあるが、ウェイシには常に腹を見せて、ウェイシというオスを全肯定してくれる。

そんなシダが、子供を作ることだけは反抗した。

徹底的に、絶対に。

ウェイシがどんな理不尽を望んでも、その理由を問いもせず、ふたつ返事で「はい」と応え、「俺の為に死ね」と言えば死に、「俺の為に生きろ」と言えば生き、「俺の為に殺せ」と言えば、「はい」と喜んで殺すような子が、子供をひとつ作ることだけは拒んだ。

それは、シダにとってはどうしても譲れない一線なのだろう。

「これも、怒るかな……？」

ウェイシは、シダに怒られたことがない。

ウェイシのことを心配して叱ってくれることはあるが、「もう、あなたはしょうがない人ですね。でも、危険なことをする時は俺も連れて行ってくださいね。それがたとえ街へ下りるだけのことでも……」と優しく微笑んで許してくれる。さらには、ウェイシの希望に添うて、その楽しみや苦しみのすべてに一緒に付き合ってくれるのだ。

でも、これは怒るかもしれない。綻んだ尻の穴を舌で舐めて、濡らす。表面の皺のひとつひとつを舌先で丹念に伸ばし、指を使って尻の外側から括約筋を持ち上げ、小さな窄まりに隙間を作ると、そこへ舌を差しこむ。指でするのとはまた違う抵抗を感じる。それを捻《ね》じ伏せて奥へと進み、入り口のやわらかい粘膜を甘噛みすると、ぱたっ、と足が跳ねる。

「起きてくれるなよ」

いま目を醒ましたなら、きっと、「へ、陛下に……っ、尻っ、ケツ……舐めっ、舐めさせるなど……っ」と、盛大に狼狽《うろた》えながら自罰に走るだろう。

まぁ、寝てるから知ったこっちゃない。ふにゃふにゃにふやかして、ほぐして、とろとろにして、時々は陰茎も弄ってやり、溢れる滴を舐めとって、「そう言えば、ここの皮を剥いてやったのも俺だったなぁ……大きくなったなぁ」などと感慨に浸る。

寝ているのに、シダの腰が揺れている。かくっ、かくんっ。ぎこちない。ウェイシの指で作った筒めがけて、一所懸命、上下に腰を振っている。鈴口からはずっとじわじわ尿漏れみたいに先走りを滲《にじ》ませ、輪っかの真ん中で括《くび》り出した雁首まで、どぼどぼにしている。

ウェイシの足や服に敏感な先端が触れると、臀筋《でんきん》がぶるっと震えて持ち上がる。

それからすこし遅れて、薄い精液が床に散る。昨夜、ウェイシに聞こえるくらい激しい自慰をしたとはいえ、若いからもっと濃くてもいいはずなのに、尻を弄られているせいか、薄いものをいつまでもだらしなく垂れ流し続けるばかりだ。

しっとりと湿り気を帯びた下肢を舌と指で可愛がり、陰茎の根っこと繋がった箇所を胎の内側から撫でこする。もう一方の手で、牛の乳を搾るようにぐにゅぐにゅと皮ごと扱くと陰嚢がぐっと持ち上がり、やっとまともに射精する。

元気がいい。びゅくびゅく出している。

「……ぁー……」

寝言なのか喘《あえ》ぎ声なのか分からない声で、赤ん坊みたいに鳴いた。

閉じた瞼の裏で眼球がきょろりと動いたから、もうすこししたら目を醒ますだろう。

シダの体をひっくり返して、表を向ける。

薄い陰毛がぐっしょりと濡れて、いくつかの束になって分かれて、白い恥骨が覗く。

割れた腹筋と肋骨を越えて、胸の向こうまで半透明の汁が飛んでいた。

その白濁につやりと濡れたやわらかそうな乳首が、触って欲しそうに震えている。

きっと、自分ではもちろんのこと、誰にも弄られたことのない場所だ。黒ずみもなく、歪《いびつ》な形に育てられることもなく、小さくて、可愛い。

「お前のこれは乳が出るのかな？」

俺のややこに乳を与えるお前を想像したら、幸せで死んでしまいそうだ。

あぁ、本当に、俺はいままでなんでこいつに手を出さなかったんだろう、目の前にご馳走があったのに、よその女や男ばかり抱いて……、一体全体どういう神経をしていたんだ。

あぁそうだ、いままでは戦ばかりで、戦が始まるとあの噂が広まって、そうしたらもう誰かが傍にいてくれることはなくなって、余計に孤独を感じて、周りを遠ざけて……そんな時に、シダが、シダだけが、俺に寄り添ってくれて……。

よくよく考えれば、ウェイシはシダに甘やかしてもらうばかりで、自分からシダに愛を与える余裕がなかったのだと気づく。

そりゃあ、そんなことでは恋だの愛だの嫁だのといった雰囲気にはならないか……とウェイシは自分の不甲斐なさを嗤《わら》った。

「ディヤ、俺のトヴァディーヤ……、起きてくれ」

「……ふぁ、い。……おきます、ディヤ……おきます……」

シダは重い瞼をゆっくりと開き、眠気に抗《あらが》えずまた閉じて、「んー……いま、ウェイシの声が聞こえた。いつもなら自分のほうが先に起きるのに……」などと考えて、「あれ？　いまは仕事中じゃなかったか？」と思い直し、眠たげな瞼をとろりと開いた。

「おはよう？」

「……おはよ……、ござ、ぃ……ま……？　ウェイシ……？」

「寝惚《ねぼ》けたお前を見るのは久しぶりだな」

「なん、ですか、これ……なんで、こんな恰好……」

なぜ、自分の王に向けて恥部を曝《さら》け出し、股を開いているのか。徐々に状況を把握したシダは、己の濡れた下肢とウェイシの股の間でそそり立つ陰茎に視線が釘付けになる。

「見すぎだ」

「ひっ、ぁ」

太腿に指がかかっただけで、聞いたこともないような声が出た。

「入れていいよな？」

「ふ、ぁい」

反射で、はい、と答えた。

ウェイシの頼みを拒むという考えそのものが頭になくて、すこしの間をおいて、「いや、これは否と答える案件だ」と首を横にしたが、その時にはもう遅かった。

「ぇ、ぁ……っ、……あっ……ぇ、っあ、……っ」

ぐぷりと雁首が潜りこみ、奥までは入って来ず、出ていった。

咄嗟に身構えたが、二度目の衝撃はこない。

くぱっ、くちゅ。いやらしい音が自分の尻から溢れる。息をする度に小さく開閉するそこに陰茎の先端をぴとりと押し当てられ、尻穴をくにゅりと捏ね回される。

時折、肉を押しこむように強く当てられる。それがまるで性交渉する時の動きそのもので、我知らず、きゅっと尻穴が窄まった。

窄まると、ちゅうとオスに吸いついて、肉と肉がぴっとりと密着する。

粘膜同士のぬめる感触や熱を明確に意識してしまい、シダは、ウェイシと自分のくっついた部分から目を離せず、荒い息遣いで胸を上下させ、ごくりと喉を鳴らした。

太腿を掴むウェイシの手に力が入る。

入ってくると分かっているのに動けず、赤黒いオスの凶器をじっと凝視する。

「喉が鳴ってるぞ」

「……や、……あ、っ、ちがぅ……、っ……ちが、ぃ、ます……」

喉を鳴らして凝視していたものが入ってこない。

ただただ陰茎で会陰を刺激されて、メスの股の間を往復するようにずりずりと擦《こす》られる。表面を撫でられているだけなのに、胎の奥の、陰茎の付け根の奥が切なくなる。その切なさに連動して反り返ったシダの一物も震えて、腰が揺れた。

鈴口からは糸を垂らして臍《へそ》に水溜まりを作り、腹筋に沿って鳩尾《みぞおち》へ流れる。

切ない。すごく、すごく……切ない。

陰茎が痛いくらい張りつめて、イきたいのに、イけない。

でも、この世でいちばん大切な王の前で自慰なんてできない。

昨日の夜だってウェイシに見られて死ぬほど恥ずかしかったのだ。あの後も、逃げるように部屋を出て、ここで仕事をして一夜を明かしたのだ。これ以上の醜態を見せるなんて耐えられない。頭がおかしくなる。

「ここに俺を咥えたら、きっと気持ちいい」

「お、おさっ、な……で……そこっ、それ……っ」

小便を漏らしたみたいに濡れた下腹を、大きな掌で圧迫される。さほど強くもない力に負けて、骨盤が下がる。それにあわせて内臓も下がり、尻の奥が収縮して、ずくんと疼く。

そんな場所、いままで一度も意識したことなかったのに、下腹を押されただけで物欲しげに後ろがヒクつく。胎に圧をかけられたまま息をするだけで腰が揺れて、ずっと、ずっと、勝手に揺れて、まるで男を誘うみたいに、中に入っていたものを恋しがるみたいな動きをする。

「お、れに……なに……したんです、か……っ」

「聞いたら卒倒するぞ」

「そういうことは……しちゃだめ、です……っ、だ、め……、いやだ、っ、……腹ンなか、そんな、女みたいにさせないで……っ」

「……可哀想に、前も後ろもとろとろだ。お前のここ、孕みたがってる。俺相手に勝手に発情して、メスの動きをしてる。……あぁ、しまった、……すまん、忘れてた。……お前は、俺とこういうことはしたくないんだったな？　やめるか？」

「や、やめ……たら、それ……どうするん、ですか……」

「ここで、俺のコレの心配か？」

「…………だって、……それ、可哀想で……」

いつもは俺の口で慰めているそのオスをどうするんですか。

ただでさえ、発情期がくるたび、一人身でさみしい思いをしているのに……。

それを自分で慰めるんですか。

俺の大切な王が、そんなわびしい真似をするんですか。

そんなに苦しそうなのに……、いまにも、たっぷりの子種汁を吹いてしまいそうなのに……。

発情期なのに、なんで、そんなに我慢するんですか……。

「ウェイシの、ばか……」

馬鹿だ、この人は。こういう時こそ、命令でもなんでもしてシダを抱けばいいのだ。シダは絶対に逆らわないし、拒まない。たとえそれが乱暴や凌辱《りょうじょく》まがいの行為であっても、シダがウェイシを見限ることはないのだから、ウェイシの好きなようにすればいいのだ。なのに……、発情期なのに、ずっと人肌を得られなくて恋しいはずなのに……。

シダに手を出すほど熱を持て余して、こんな状況になるまで切羽詰まって、それならもういっそのこと寝ている間に犯してしまえばいいのに、そうせずにこんなに堪えて、我慢して、シダの気持ちを優先してくれて……。

馬鹿な人だ。

でも、可愛くて、可愛くて、可愛くて、大切な、愛しい人だ。

「どうした？　急に黙りこんで？　……怒ったか？」

「陛下、どうぞおいでください」

「……シダ？」

「……おいで」

鬣を鷲掴《わしづか》み、ぎゅっと懐へ招いた。

心のどこかで、「だめだ、やめろ」と叫んでいるのに、いま、目の前にいるオスがどうしても可愛くて、愛《いと》しくて、可哀想で、このオスをこのまま放置することはどうしても我慢できなくて、受け入れた。

自らの意志で望んで、オスの一物に手を添え、己の生殖器に触れさせた。

「……ぉ、ぁ……っん、ぅ」

頭は冷静でも、体はすっかり出来上がっていたのか、妙にうわずった甘い声が溢れる。

唇が重なり、舌を触れ合わせながら、後ろへ入ってくるオスを感じる。

ずるずると串刺しにされていく。空っぽの穴に肉が詰め込まれて、隙間なくびっちりと埋められて、それでもまだ狭いと言わんばかりに、力強く割り開かれる。

すごく、きもちいい。

火傷《やけど》しそうなほど熱い肉が内臓にへばりつき、引き剥がされていく痛みも、下腹の重い感覚も、息の詰まるような窮屈さも、開かれて、暴かれて、満たされていくそのすべてが気持ちいい。ウェイシに処女を奪ってもらって、いままさに破瓜《はか》しているのだと思うと、気持ちいい。

「ディヤ、しっかりしろ、ディヤ」

「ぁー……っ、お、ぁ？」

「たくさん出せたな」

ウェイシの腹にかかるほど、シダはたっぷり射精していた。

奥へひとつ含ませるごとに、女を知らない陰茎は中途半端な勃起を保ったまま、びゅくっ、と吹いている。

「ディヤの、……ここ、こわれ、まひ、た……」

「うれしそうだな？」

「ふ、ぁ、ぃ……うれし、ひっ……いです」

なにをされてもうれしい。なにをされてもきもちいい。

こんなの絶対にむりだ。逆らえない。頭が馬鹿になる。

馬鹿になったほうがいっそ幸せだと思えるほど気持ちいい。

なにが気持ちいいって、好きな男に抱いてもらえて、好きな男と繋がっていて、好きな男のメスになっているという事実そのものが、きもちいい。

「清廉潔白に育てすぎた……」

ウェイシが苦笑する。

こんなに肉欲に弱いとは想像もしなかった。鬼の西廠提督殿が、オスを胎に咥えただけで、即座に墜《お》ちた。まだ動いてもいないのにどろどろの顔で、しまりがないほどとろけた。

シダは、とろりとした瞳でうち震え、息をするたびに感じている。

「くち、くち、はなさないで、くださ……っ」

「唇か？」

「ん……、くち、ずっと、唇吸いながら、して……離れたら、いやだ……」

挿れてくれている間はずっと吸ってくれていた唇が離れて、さみしい。

粘膜を触れ合わせて、唾液でぐちゃぐちゃになって、やわらかい唇で、この薄い唇を愛してもらいながらいっぱい腰を打ちつけられたい。壊れるくらい腹を抉られたい。

ウェイシと唇を重ねるなんて大人になってからはしていなかったのに、いまは、片時も離れたくない。

「ほしい……くち、欲しい……ウェイシのが、きもちい、いぃ……」

尻に陰茎をハメてもらっただけで射精するような浅ましさを隠しもせず、恥じらいもせず、欲しいものをねだる。

シダは、唇を重ねたまま肌を重ねて、深く深くまで繋がるのがすきだ。

肉が埋まっていけばいくほど二人の触れる面積が増えていくのが、すきだ。

唇が触れているから胎を穿《うが》つ痛みもちっともこわくないし、唇がずっと気持ちいいし、その唇から与えられる情や愛が胎の底にまで落ちてきて、シダをとろかせる。

こうして、ずっと、ずっと、愛してもらっていたい。

「うぇいひ、やさしく、だぃて、くら、さぃ……」

舌をねぶりながら、ねだる。

はぐ、はむ。唇や頬を甘噛みして、欲しいままにすべてをさらけ出す。

今だけ、今日だけ、今回だけ、最初で最後……そう自分に言い聞かせて。

今日だけだと期限を区切って自分を甘やかすことを許したら、我慢の堤防は一瞬で決壊する。

ただでさえ、愛が溢れて取り返しがつかないのだ。

愛の溢れるままに鬣をぐちゃぐちゃにして、逞しい背中を撫でて、尻尾の付け根を弄って、尻を揉んで、ぐっと自分のほうへ押して、「おく、きて」と腰を押し進めさせる。

「……酷なことを言うな」

優しく抱けと言ったくせに、奥まで犯せとは……。

ウェイシのこれは、人間はおろか雪獅子の中においても規格外なのだ。優しく抱くには、このあたりで我慢しなくてはならない。ぜんぶすっかり挿入できずに生殺しだが、シダを壊すよりずっといい。

そんなウェイシの努力を無に帰すように、シダは、己の長い足でウェイシの太腿をがっちりと掴まえて、自分の生殖器に捩《ね》じこまんとぐいぐい押すから、ウェイシは太腿を突っ張って、これ以上入らないように必死に耐える。

それが不服なシダは、ウェイシの耳の付け根に鼻先を寄せ、短い毛並みをふかふかしながら、「ウェイシのからだ、ぜんぶかっこいい」と、うっとり目を細めて甘く囁き、ウェイシを油断させて、あわよくば深みにハメようとする。

「ディヤ、それ以上は……っ、だっ……っく……だめ……だ」

「だめじゃない。……ほら、泡いっぱい、ぐちゅぐちゅ泡立ってる」

ウェイシ一人に苦行を強いて、シダは、拙い腰使いで、くちゅ、ぐちゅ、と卑猥な音を立てて浅い場所を掻き混ぜ、オスの為に滑りを良くして、煽《あお》る。

たくさん入ったような気もするが、まだ太い竿の真ん中よりも雁首に近いくらいだ。中太りする手前あたりまで含むと、括約筋の皺も、尻の襞《ひだ》も伸びきってしまうほどぱつんと張りつめ、内側に含んだ質量の分だけ会陰と尻の肉が左右に盛り上がり、慎ましやかだった穴が崩れる。きゅっと腸壁を締めると、肉筒が陰茎を圧迫する。ウェイシは素直に肉欲に溺れようとしないけれど、下半身は欲に忠実で、シダが呼吸をする収縮と弛緩《しかん》の合間にほんのすこしでも隙間ができれば、その分だけ大きく育ち、血管は脈打ち、ビクビクと震える。

とっても活きが良い。

「……っ、ディヤ、ちょっと待って……、ディヤ、お前、骨盤が狭い……食い千切られる」

ウェイシは深く息を吐き、眉間に皺を寄せる。シダはその顔がもっと見たくて、ウェイシの都合なんかお構いなしにゆっくりと抜き差しをしながら、オスをやわらかく包みこむ。

ウェイシがそれに合わせて、シダの唇を吸いながらそろりそろりと慎重に腰を使ってくれる。

「ンっ……ん、ンん……っ、は……ぁ、っぷ……ん、っむ……ん、んー……っ」

汗で鬣のへばりつくウェイシの首に両腕を回し、唇とウェイシの両方を一時も離さない。欲張りと我儘と独占欲を剥き出しにして、愛しいオスを噛んで己の縄張りを示し、いっぱい犯してもらおうと必死になる。

「……ウェイシ、……さかり……ついた？」

俺で興奮できてる？　俺が相手で盛りがついてる？

もっと発情して、もっと盛って、俺に欲をぶちまけて。

シダの言葉に触発されて、ウェイシが自分の欲に忠実に腰を使い始める。

オスの本能任せの荒々しさ。汗がぼたぼたとシダの肌に落ち、筋肉は大きく動き、尻の肉が固くなって陰嚢がぎゅっと持ち上がり、シダを孕ませる為の準備をする。

自分の股の間でオスが生殖行為に励む姿は、視覚的にもシダを煽る。ぐちゅぐちゅ、にちにち。処女穴を掘られ、肉と肉で隙間なくぴっちり埋まる感触や、肉と腸液の絡む音は高揚感を与え、互いの息遣いを乱し、乱れるその呼気さえ奪うように唇を貪り合う。

「んっ、……ンぁ……ふぁ……あ、っはは……」

シダは、出口のすぐ近くに感じる熱さに、声を上げて笑った。

ウェイシが射精した。

ばっ、と一瞬で熱が拡《ひろ》がって、後から、とくとく、とくとく、ゆっくりじわじわ拡がって、はらわたに染みこんで、ぷちゅりと音を立てて隙間から伝い落ちる。

ウェイシは、メスを逃がさぬようシダの頭を懐に強く掻き抱き、うなじを噛んで排卵を促し、シダと自分の生殖器をぐっと密着させて、深い場所で種を付ける。

射精を終えるまで身を固くして、何度かに分けてシダの胎を満たし、それからぐたりと力を抜いてシダの上に倒れこみ、余韻に浸る。眉間の皺がやわらいで、ちょっと可愛い顔だ。

「……っ、ん」

「悪い、重かったか？」

ウェイシが前髪を掻き上げ、汗を振り払った。

「……すみま、せ……っ、出て、しまい、ました……」

「出た……って、お前、ケツでイけないだろ？」

ぴったりくっついていた二人の腹を見やると、ウェイシの腹筋に潰されたシダの性器から、どろりと濃い精液が漏れて、二人の腹の間で糸柱を引いていた。

「あぁ、そうか……悪い……」

ウェイシが大量に射精したせいで、シダの精嚢が圧迫されて、それで、前から漏れたのだ。シダはそれを射精と勘違いした。おそらく、いま、陰茎を抜いたら小便も漏らすだろう。

「すみま、せ……っン……動けない……動かないで……じっとしてて」

もう種付けは終わったのだから、ウェイシから離れないといけない。

でも、腰から下は重いし、胎のなかの子種が流れ出るのがいやで、動けない。

「……まだ感覚、残ってて……ずっと出されてる……気が、して……声、上擦って……っ」

「そりゃまだ入ってるから……。……なぁ、俺もまだ抜きたくないんだけどいいか？」

「……いつまででも、どうぞ」

「もうちょっとしたら、またするから……」

「また、って……もう一回するってことですか……」

「そりゃあまぁするだろ。……大丈夫、ちょっと、ちょっとだけにするから、な？　……その、……お前も、いや、だから、……こら、ディヤ……唇を吸うんじゃなくて、休憩を……」

「かわいい」

自分の腕が、唇が、足が、心が、我儘だ。そして、頭はすっかり馬鹿だ。

ウェイシを構い倒して、撫でまくって、ぎゅうぎゅうして、可愛がりたくてたまらない。

ちゅっちゅ。ウェイシのあちこちに唇を落とし、頬を啄《ついば》み、耳を齧り、肌を吸う。

「……俺に可愛いなんて言ってくれるのは、お前だけだ」

ウェイシが、目を細めてはにかむ。シダにだけ見せてくれる表情だ。

この人は、笑うとすごく可愛い。

「……ディヤ、きつい……もげる」

「んぅ、っふ……っ、あ……すみませ……っ、だって、かわいくて……」

可愛くて、可愛くて、もうどうしようもないんです。

あなたが可愛くて、愛しくて、涙が出そうなほど愛おしいんです。

こんなことをしてはいけないのに、こんな想いを口にしてはいけないのに、それでも、どうしても、どうにもならなくて、この唇が、この体が、この心が、自分自身を裏切るんです。

「あなたが毎日幸せに笑っていてくれれば、俺は幸せなのに……」

だから、今日は、そんな自分への最初で最後のご褒美だと思うことにした。

今日という日を生きる縁《よすが》に、あなたのディヤは、あなたのシダとして、これからもあなたの幸せをお守りいたします。

「今日だけ、許して……」

「いままでお前に愛をもらってばかりで、すまなかったと思っている」

「変なこと言わないで」

ディヤは、……トヴァディーヤは、あなたの愛で生きています。

俺は、あなたの愛で生きる生き物なんです。

あなたから愛をもらえなかったことなど、一度もありません。

いま、またひとつ違う形の愛をあなたから頂戴しました。ただ、それだけです。

だから、ただそれだけを刻む為に、いまは、飽くほど体を重ねましょう。

これは、今日だけのものだから。

今日だけは、馬鹿で愚かなあなたのディヤでいさせてください。

＊

シダは、いつも夜明けと同時に目を醒ます。

昨夜はひどく甘い夜を過ごし、眠りについた……というか、気を失っても放してもらえず、腰が抜けて、後ろから溢れて、前からも漏らして、なにやら大変に破廉恥な一夜を満喫したのは確かだが、その記憶が曖昧になることはなく、すべて鮮明に覚えている。

これで一生分の自慰のネタには困らなさそうだ。

それでもシダはいつもの習慣で、いつもと同じ時刻に目を醒ました。いつもと違うことと言えば、目覚めたのが自室ではなくウェイシの寝室だったことくらいだろうか。

きっと、ウェイシが連れて来てくれたのだろう。

久しぶりにウェイシと同衾《どうきん》したせいか、よく眠れた。こればかりは身に染みついた習慣で、抗えない。ウェイシの体温が隣にあると熟睡できる。長じるにつれ、それがなくとも眠れるようにはなったが、ウェイシがいるのといないのとで比べると、眠りの質が格段に違う。

シダは、腰に巻かれたウェイシの腕をそっと寝具の上へ移動させ、太腿や尻に巻きつく尻尾に手近な枕をあてがった。シダの太腿と勘違いした尻尾が、枕にくるりと絡みつくのを確認してから、そろりと寝台を降りる。

ぐらりと頭が揺れて、腰からかくんと力が抜けた。絨毯敷きの石床にぺたっと座りこむ。

尻が硬い床に触れて、尻周りの筋肉にほんのすこしの圧がかかるだけで、胎の奥に居残っていた重怠《おもだる》い感覚と甘い疼きが同時に主張してきた。

「……ンっ、ふ」

甘ったるい声がかすかに漏れ、シダは自分の指を噛んでやり過ごす。

交尾をすると、こんなにも体が変わるのだと思い知った。自分の下腹に手を当て、こんなにも、いつまでもずっと自分のなかに相手が居座っているのだと、驚いた。薄く開いたままのだらしない生殖器が、そこを使われたことの喜びを訴えかけてきて、ひどく参った。

たった一夜で、こんなにも作り変えられてしまうのだと、教えこまれた気がした。

これから先、シダが誰かに抱かれることがあったとしても、必ず今日の日のことを心と体と頭のぜんぶで思い出すだろう。それが、ひどくシダをいやらしい気持ちにさせた。湧き上がる喜びと燻《くすぶ》る熱。自分の胎のなかで存在するオスの種。シダの初めてをウェイシが奪ってくれたという事実。ぞくぞくと背筋を駆けあがってくるものに興奮を覚え、熱がぶり返す。

淫らな自分を気取られてはいないかと、シダは背後を振り返った。

ウェイシは、よく寝ている。

メスを相手にちゃんと欲を発散したのは久しぶりで、心地良い疲労があるのだろう。

シダは、ウェイシを起こさぬよう静かに立つと、扉一枚隔てた先にある自室へ入った。

いつもなら、庭に面した扉を開き、そこに控える宦官に、「陛下の為に湯浴《ゆあ》みの用意を、それから、本日の陛下のお体に見合った食事の支度を……」と差配するところだが、着るものが見当たらないシダは、人目に付くことは憚《はばか》られる。

半端者が王と床を共にしたなどということは、隠さねばならない。

「……だめだ、……俺が、さかってる……発情期、ぜったい、ひどいのに入った……」

シダは自室へ戻るなり、己の体調の微妙な変化を感じとる。

今回は、いつもより強い発情期だ。シダは、自分の指をがじがじと齧って誤魔化しながら、水差しの隣に置いた螺鈿《らでん》細工の小箱を開き、薬包紙を取り出す。

苦々しい色の粉薬を片手に、「発情期に入ってから薬を飲んでも効きにくい。万が一を考えて避妊薬も飲む必要がある。城内では手に入れにくいから街で仕入れを……」などとぼんやりした頭で考え、急き気味に、震える指先で水差しを掴んだところでその腕を取られた。

「具合が悪いのか？」

「……陛下」

「その薬はなんだ？」

「ディヤ」

「たいしたものではありません。……それよりも、お目覚めでしたらまずは湯浴みを……」

「本当に、なんでもありません。……そんな目で見ないでください」

「…………まさか、子を流す為の薬か？」

「違います。……陛下、手をお離しください。陛下……」

手首が反対に反り、折れそうなほどきつく握られる。

シダは努めて冷静に、昨夜のことなど微塵《みじん》も感じさせぬ言葉遣いと極めて事務的な態度で、ウェイシからやんわりと距離をとった。

「堕胎薬ではありません。ご安心を。……陛下、それよりも、どうかお部屋へお戻りください。そんな格好でここにいらしては、周りに疑われます」

裸の上半身に上着だけを羽織り、ズボン下を穿いただけでは、まるで女郎屋帰りだ。

「ディヤ」

「シダです」

「質問に答えろ、ディヤ……トヴァディーヤ」

「……っ、あぁもう……っ、あなたは、そうして……そうやって、そんな目で俺を見て……っ、……本当に……あの、……これは、……っ、発情期を抑える薬です」

悲しいかな、シダは、ウェイシに隠し事ができない。

それに、滅多と感情を乱さないウェイシが本気で怒っている時は、正直に答えるべきだということも分かっている。こうしてシダの名を呼ぶ声が低くなる時は、本気でシダを心配している時だから……。

「俺は半分ヒト喰いです。雪獅子の発情期は四ヶ月程度で終わりますが、ヒト喰い衝動は通年であります。両方が同時に来ると、わけが分からなくなるんです。……そんなこと、あなたも知ってますよね？」

「知っている」

「子供の頃、発情期の度にあなたを歯型だらけにしたこと、覚えてる」

「あんなの、甘噛みじゃないか」

「いまは大人です」

大人の歯で噛んだら、喉笛ぐらい簡単に噛み切れる。

いつもなら、起床と同時に服薬するのが日課だ。発情期の最盛期にもなれば、日に一度や二度の服薬では足りず、官服の袂《たもと》にも忍ばせたものを幾度となく用いる。

雪獅子はいまが発情期の最初期だが、間もなく最盛期に入る。

ヒト喰い衝動のほうは通年ではあれども、波がある。

予定では、このふたつが重なるのはまだすこし先だった。その時期さえ乗り切れば問題ないのに、たった一度ウェイシに抱かれただけで、シダは盛りがついてしまった。

オスに抱かれて盛りがつくなんて、尻軽すぎる。恥ずかしい。

心はそわそわとして落ち着きがなく、口さみしくて自分の指を噛み、脳味噌が馬鹿になったみたいに誰かを噛み殺したくて、交尾がしたくなるのを我慢できなくなる。

そうなる前に薬を飲んでしまいたいのに……ウェイシが許さない。

「青年期に入ってヒト喰いのほうは安定したと言っていたのは？」

「すみません、だって……そうしないと……ヒト喰いは……」

「ことあるごとにヒト喰いと卑下するのはやめろ。それは言い訳にはならない。シダ、黙るな。俯《うつむ》くな。俺の目を見ろ。……その薬、配合は？」

「………」

シダは観念して鍵付きの戸棚を開き、そこに常備してある物を指差した。

ウェイシはいくつかの小壜《こびん》や紙袋を手に取り、そこに書かれた文字を確認している。ひとつふたつ確認すればシダがどんな薬を使っているか分かるくせに、粉末にする前の植物の根茎や果肉、乾燥させた動物の臓物など、すべてに目を走らせ、眉間に皺を寄せた。

シダは、大きなナリをして、未だにウェイシに叱られるのがこわい。

叱られるというよりも、幻滅されるのがこわいのだ。

好きな人に嫌われたくないから、それが悪いことではなくても、ウェイシに内緒にしていたという事実を知られて、「お前は最低だな」と言われるのがこわい。

「………だって……でも、……こうするしかないし……」

ウェイシは何も責めていないのに、シダは自分の親指の付け根を噛みながら言い訳を始める。

子供みたいな言い訳だと自分でも思った。

シダが幼かった頃、ふたつの発情期を抑える薬は、ウェイシが手配した医師に都合してもらっていた。成長してからは調合を教えてもらい、街に下りて自分で材料を調達して、医師の処方薬に足す形で、強めの抑制剤を自分で追加して、勝手に服薬していた。

そうしないと、シダはウェイシの傍にいられないのだ。理性では、どうしても発情期の衝動を抑えられない時があるのだ。

混血のシダに失敗は許されない。発情期を言い訳に公務に間違いがあってはいけないのだ。それでなくとも、性別分化が途中で止まったシダは、見た目は青年期のままで、成人の獅子より貧弱だ。半人前なのだと見た目で主張しているのと同義だ。このうえ、胎に子を抱えたり、自分の発情期も自分で管理できないような中途半端では、ウェイシの傍にいる資格はない。

今日からは、これに加えて繁殖力を抑える薬と避妊薬も飲んだほうがいいだろう。薬で着床しないようにさえしておけば、どれだけウェイシと交わっても子ができない。子供さえできなければ、家臣団も、ウェイシも、シダを嫁にするのは諦めるはずだ。

「飲まないと……仕事にならないんです……」

「馬鹿かお前は！」

「……大きな声を出さないでください。御身分が損なわれます」

「こういう時にばかり主従を持ち出すな！」

「俺は、あなたの為に必要なことをしているんです！」

「…………あぁクソ、……怒鳴って悪い。……兎《と》に角《かく》、体に負担のかかる薬はやめろ。シダ、手を噛むのもやめろ。噛むなら俺を噛め」

二人同時に声を荒げ、睨《にら》み合い、すこしの間を置いて、ウェイシは自分から声を抑えた。

がじがじといつまでも自分の手を噛むシダの両手を掴み、ウェイシは己の手指を噛ませる。

この癖を放っておくと、シダは、あっという間に自分の手をぼろぼろにする。

「でも、最初に発情期が始まった時から飲んでるんです。こうしないと効きません。素人判断ではなく、きちんと勉強して、自分の体調と合わせて飲んでいます。問題ありません」

「子供ができたらどうする気だ。この薬は飲めなくなるぞ」

「…………できないことを祈ります」

「お前、薬を増やすつもりだな？」

「…………」

「そんなに俺の子を産みたくないのか？」

「…………はい」

産みたいけど、産んではいけないので、産みたくありません。

「俺だってお前の意に沿わぬ妊娠は……させたいけど、させたくない。……それに、賢いお前なら自覚があるだろうが、体が冷たい。体温の異常な低下は、この薬の副作用だ。これは、こんなふうに使う薬じゃないだろ。それくらい俺でも知ってるぞ」

発情期というのは、体温を上げて、免疫力も上げて、子作りしやすく、子を孕みやすい体にして、正常な生理周期を刻む為のものなのに、それを薬で無理に抑えつけているのだ。

その上、この抑制剤は、食欲は増進させるわりに体重を減少させ、肉もつきにくくする。放っておけば代謝も下がる一方で、心臓にも負担をかける。

「これは、恒常的に飲み続けるものじゃない」

「ヒト喰いは心臓が強いので問題ありません。筋力も落ちていません。今日までずっとこの薬の世話になっていましたが、これまでに俺が仕事で足を引っ張るような失態を犯しましたか？　成果こそ挙げれども、期待に背いたことはないはずです」

「それでもやめろ。これは毒でしかない。自然発生するものを無理に止めるな」

「いやです。これを飲み続けて長いんです。やめたら、どうなるか分かりません。……いままで知らなかったくせに、口出ししないでください」

「いま知ったから止めている」

「子供を作るなら……そういうことも大事でしょうが、自分には関係がありません」

「いまはその話じゃない。俺は、お前が大事なんだ」

「そんなことは知っています。でも、心配されたくないんです」

シダが初めて発情期になった時、抑制剤を薦めた医者に、「本当に飲ませて大丈夫か？　こんなに小さな体なのに飲ませていいのか？」と質問攻めにしたこと、それからもずっと、事あるごとに、事がなくても、シダに付き添って医者の話を聞いてくれて、気にかけてくれたこと、シダの発情期が落ち着いてきて、薬の量を増やさなくていいと医師から聞かされた時に、ウェイシが「よかったなぁ」と本当に嬉しそうに笑ってくれたこと、シダはぜんぶ覚えているし、ぜんぶ嬉しかったから、もっと喜ばせたかった。

「……隠し事をしたのは謝ります。すみません。……でも、本当にだめだったんです」

この体は、思った以上にだらしがなかったんです。

一度でもあの熱を知ってしまったなら、獣に堕《お》ちてしまうんです。

俺は、あなたの為に働きたいんです。傍にいたいんです。その為に、発情期は邪魔なんです。

「薬、いまさらやめるの、無理です……こわいです」

あなたの為に生きてきたのに、それができなくなるのはこわいです。

「俺がいるのに？　なにがこわいんだ？」

「それは、そうなんですけど……」

「これからは、俺がぜんぶ管理する。小さい頃と同じように。この薬のせいで、お前が病気になったり、弱ったり、傍からいなくなったりするのは俺がこわいからやめろ」

「…………」

「やめて」

「…………はい」

それでもまだどこかこわい。シダのそんな不安を見透かすようにウェイシに抱きしめられる。

あぁ、そうだ、そうだった。この人は俺のなにもかもを把握しているし、俺のなにもかもを決定する権限を持っているんだった。小さい頃からずっとそうだったじゃないか。

この人がいてくれたから、いままで生きてこられたのだ。

この人に任せておけば、安心できる。

「あなたは毎年、発情期でも冷静だけど……俺は、いっぱい迷惑かけるかもしれません……」

発情期というのは、誰か一人でも発情期に入ったら、周囲もそれに触発されることが多く、伝播《でんぱ》しやすい傾向にある。そんななかでも、ウェイシは平然と日々を過ごしていた。

「俺だって気合いで乗り切ってた面もある。……でも、まぁ……俺の欲はお前が世話してくれるって分かってるから落ち着いたもんだったよ」

嫁がいなくて、恋人がいなくても、シダが傍にいてくれるだけで安心できる。

毎年、いつも変わらず、絶対に、シダが傍にいてくれると分かっていたから、この時期も、ちっとも憂鬱じゃなかった。

「俺は、どうやって誤魔化そう……こんなのなかったらいいのに……っていつも考えてました」

去勢する代わりに、抑制剤だった。それが、ヒト喰い衝動を落ち着かせる特効薬だった。

発情期は好戦的にもなるから、牙を抜く代わりだった。

発情期があると、シダは困る。欲に負けて、きっと、ウェイシに好きだと告げてしまうだろうし、周囲が発情期に入ると、どうしても風紀や軍規も緩みがちで、警護も甘くなる。

三年前にやっと終わった戦争の時も、雪獅族が発情期に入るのを狙って血狼族が戦争をしかけてきたのだ。

ウェイシに危険があるかもしれない時にこそ、平常心で動ける者が必要だ。シダ以外にも、こうした服薬によって発情期を止めたり、遅らせたりする軍人が一定数存在する。

東厰と呼ばれる去勢した宦官の組織も、その為にある。彼らは、発情する為の器官を根こそぎ断つ。ゆえに、発情期の時節になっても弱いそれで済む。子孫を残せない代わりに、ごくごく微量の薬で抑えつけるだけで仕事に専念できる。その分、服薬を忘れると、それを発散する為の器官がないせいで熱を持て余し、ひどく苦しむことになるらしいが……。

「俺も去勢してしまえば……」

「極論はやめなさい。……そんなことしたら、俺の子供を産めなくなるだろ」

「産みません。……それに、誰しもが、あなたみたいに精神論で乗り越えられるものじゃないんです。俺は、恋や愛にうつつを抜かすのはいやなんです。あぁいうのは頭が馬鹿になります。閨事《ねやごと》にかまけている暇があるなら、ひとつでも多く仕事がしたいんです」

こんな自分が、あなたの傍に居続ける為に。

「それで？」

「………………俺が馬鹿にならないように、きちんと見張ってください」

シダは、薬の入った戸棚の鍵をウェイシの手に落とした。

＊

薬をやめたからといって、すぐにヒト喰い衝動や交尾欲求が最高潮まで高まるわけではない。

　ウェイシが隣にいる時に限って唾液の分泌量が増えたり、がじがじと肉を齧りたくなったり、体温の上昇や発汗といったものを症状として自覚するくらいだ。ただ、まぁ……ウェイシが傍にいたら胸が高鳴るのはいつものことなので、ウェイシさえ傍にいなければ平時となんら変わりない。ウェイシからは、「数日は室内業務のみに留《とど》めろよ。緊急対応以外では外へ出るな」と言われたが、薬を抜いて四日目には、「お前、あんまり変わらないな。もう大丈夫だろう」と外出のお墨付きも得た。そして、早速その日の夜遅く、シダは緊急対応で部下のアクイラ以下数名を伴い、首府の外れまで偵察に赴いていた。

　発情期はどれだけ徹底しても防衛がゆるみがちになり、他国からの侵入者も多い。

　血狼族に関連する懸案は、西廠にとって最優先事項だ。

　この日も、シダたちは国境付近の防備の確認に出向き、山ひとつ向こうのルァクタ州からの侵入者を捕縛して帰還した。

「メス臭い！」

　乾清宮へ報告に出向く道すがら、出会い頭にそう言われた。

　東廠の宦官提督、ウトパラだ。

　ウトパラは、東の佳人と讃《たた》えられる美しい顔をひどく歪《ゆが》ませ、たおやかな指先で己の鼻を抓《つま》み、わざとらしく、ぱたぱたと手団扇《うちわ》で顔の前を扇《あお》いだ。

「どうした、ウトパラ殿。……血が臭うか？　貴殿も慣れているだろ？」

明け方、帰城したばかりのシダは、多少とはいえ泥土や汗に汚れているし、服には返り血も付着している。口の周りには敵を喰い殺した痕跡もあって、おおよそきれいな状態ではないが、ウトパラだって仕事の後は似たようなものだ。

「血はどうでもいいんだよ！　それより、それ、発情期の匂いだろうが！　なんで今年はそんなえげつない匂いさせてんだよ！　俺、ちんこないのに勃っちまうだろうが！　……あーもう、やめろよな、ほんと勘弁……、発情すると下っ腹めちゃめちゃ切なくなるんだから……」

「そうか、それは苦労なことだな……」

「ぜんっぜん分かってねぇな？　お前のせいだって言ってんだよ」

「すまん。分からん」

そもそも、生まれてこの方ずっと発情期を薬で封じてきたシダには、発情期というものがよく分かっていないし、自分では、運動直後の熱っぽさとさして変わりない気がする。

公務の最中、不意に、胎に咥えたオスの存在感を思い出す程度で、ウトパラが騒ぐ理由にピンとこなかった。

「お前、薬は？　そんなんでこれからの長い発情期どうすんだよ」

「薬はやめた。これからは陛下のご命令通りに過ごす」

「へ、陛下のご命令か……なら、仕方ない、か……」

そんなメス臭《くさ》い匂いをまき散らして、どうやっていつも通りに仕事をこなしつつ普通の生活を送るつもりだ？　お前は馬鹿か？　そう言いかけてウトパラはやめた。

シダに言っても分からないからだ。

シダは、自分自身が、不特定多数から下卑た情欲を向けられる対象であることを自覚していない。自覚していたとしても、対処するほどの物事ではないと脳内で処理している。

王の懐で育てられた生き物は、そうした欲と触れ合ったことがなく、こうして普通にしているだけで手当たり次第オスを誘っていることを理解できないのだ。

「箱入りめ。ヒト喰いの分際ですっかり陛下に飼い馴らされて、去勢されてるな」

「俺はそんなに気にならんが……、どうだ？　お前たち、気になるか？」

シダは背後を仰ぎ見て、その場にいた部下たちに問うた。

アクイラを筆頭に、部下たちはひどく気まずい様子で目を逸らし、意を決した一人が「自覚なかったんですか。てっきり、俺たちの忍耐力を試しているのだと……」と白状した。

「……それは、すまん。……職務の邪魔をした」

シダは、すん、と自分で自分の匂いを嗅いでみるが、分からない。

「シダ殿は、当分、……いえ、盛りの時期が終わるまでは、陛下のお傍にいらっしゃったほうがよろしいかと……。明日の軍事教練への参加も見送るのが賢明でしょうな」

アクイラが言葉を選んで助言する。シダの、この発情期特有のメス臭さをどう指摘したものかと悩んでいたから、率直なウトパラには感謝しきりだった。

シダは、雪獅族のメスや宦官と比べても体格的には遜色なく、実に美丈夫ではあるが、どうしても雪獅子のオスの群れというか、筋骨隆々が肩を並べる軍隊にいると、汗臭い集団に放りこまれた唯一のメス穴にしか見えない。

特に、シダは常日頃から自分よりもずっと体格の立派な部下を従えている。上背があって、肉厚でかさばる集団に危機感の薄いメスが一匹混じっているようで可憐《かれん》だ。

その身には、年がら年中、途切れることなくウェイシの匂いをまとっているからオス避《よ》けになっているし、アクイラたちが壁になっているから誰も手出しできないが、百や千の単位で動く教練などでは、目が行き届かぬ場合も出てくる。

「陛下には問題ないと言われたのだが……そんなにひどいか？」

「実際問題、よその部署から、西廠のメス臭い鬼提督をなんとかしろって苦情が出てんだよ。お前、暗がりに引きずりこまれてボテ腹にされても文句言えねぇからな？　……ったく、お前に惑わされた奴が可哀想だろうが。それを！　このウトパラ様がご注進申し上げに参じてやったんだよ！　ありがとうって言え！　……いくら発情期の影響を受けにくいからって、東廠の提督様を使い走りにするなよ、禁衛軍め……っ！　ほら、行くぞ！」

「わ、分かった……。すみませんが、アクイラ殿、陛下への報告をお願いできますか」

「しなくていい！　お前がいまから陛下のとこへ行くんだから！」

「そうなのか？　では、アクイラ殿、捕まえたルァクタのシュエ人の尋問を……」

「承知いたしました」

「それから……」

「あぁもう！　仕事の鬼！　早く来い！　こうやって立ち話してるだけで、将来を棒に振りそうになってる若い士官が何人いると思ってんだ！」

ウトパラは、基本的に他者を優しく思いやる性質ではないが、シダの匂いにアテられて失職しかねない文武官を気の毒に思ってやるくらいの分別はある。

ウェイシの待つ乾清宮までの道中、シダは、ウトパラから「仕事の鬼も結構だがな、いまのお前は新鮮かつ小奇麗な生きた肉便器が歩いているようなもんなんだよ！」と恐ろしい剣幕で怒鳴られた。美人顔は怒っても美しいのだと、シダはしみじみと感心した。

乾清宮と隣り合う書房で待ち構えていたウェイシは、シダを見るなり詰め寄った。

「襲われたのか？」

「襲われていません。落ち着いて、しっかりしてください」

「……でも、お前……朝と匂いが全然違うぞ？」

丸一日ぶりにシダと顔を合わせたウェイシは唖然《あぜん》としている。

「陛下は、いままであまりにも西廠提督殿の近くにいすぎて気づかなかったんでしょうよ」

ウトパラが、「あなた方は距離感が幾分おかしゅうございますから」と皮肉る。

シダのこの甘い匂いは、抑制剤を抜いて四日目というだけが理由ではない。

汗を掻くほど働いて、薬が一気に抜けて、それで、シダ本人が醸し出す発情期のメス臭さが濃くなって、周りを誘う匂いも強いものになりつつあるのだ。シダの匂いに慣れているウェイシでさえ気づくほどなのだから、免疫のない者たちへの影響は計り知れない。

「お前のそれ、下着を穿いてないメスがケツまくって股開いて歩いてるようなもんだぞ」

ウェイシは自分の上着を脱いで、シダに羽織らせる。

「ひどい言いようです」

「でも、お前……そんなメスの匂いダダ漏れで……それに、いつもと違うオスの匂いがするし……それ、その匂いで、その体で、よく平然としてられるな。本気でそれで街を歩いたのか？　そんな状態だったら、普通は……そこらへんでオスを咥えこんでるぞ」

最盛期になると、オスだけではなくメスも繁殖の本能に忠実になり、番《つがい》を欲して淫らになる。匂いが濃くなればなるほどそれは顕著で、そして、シダのそれは一級品だ。

「人を痴女みたいに言わないでください。それに、これぐらいの者は他にも大勢いるはずです。外に出ても問題ありませんでした。仕事も円滑です」

「陛下、あのですね、そいつの部下がさっき教えてくれたんですけど、西廠の鬼神殿は、街のド真ん中で、初めての発情期でぶっ飛んだうら若い少年に精液ぶっかけられたらしいですよ」

「ウトパラ殿！」

「服の裾、まだ汚れが残ってるぞ？」

「……っ！」

シダは慌てて背後を仰ぎ見て、尻のあたりを確認する。

「やーい引っかかった！」

「なっ……、ウトパラ殿！」

「しかも、それを俺に教えてくれたご親切な部下からもやらしい目で見られてたしな。……陛下、ユォン殿にはどうぞお気を付けを、あのクソガキ、陛下のメスを寝取る心積もりかと……。それでは陛下、そちらの歩く肉便器殿へのお仕置きのほど、何卒《なにとぞ》何卒……」

きれいな顔で意地悪く笑い、ウトパラは言うだけ言ってそそくさと退散した。

「陛下、これは……あの、……」

無言のウェイシに見下ろされ、「確かに、外出の許可を頂戴した際には、充分に気を付けろというお申し付けもまたあったことは重々承知しておりましたがいや、でも、緊急対応で……」と言い訳を探し、最終的には「……すみません」と謝った。

「お前、馬鹿か？」

「返す言葉もございません」

「そんな無防備な状態で出歩いてどうする。お前の周りは全員オスなんだぞ。いま、国中が発情期なんだぞ。お前、メスなんだぞ……。胎に子袋がある体なんだぞ。孕める体で、普通のメスより丈夫で、個体性能も抜群なのに、なんで、そんな……がばがばなんだ」

「件《くだん》の少年はまだ八歳と若いですし、処理が追いつかず、血迷っただけで……」

「お前、八歳にぶっかけられたのか……いや、それはいい。問題はお前のそのゆるいおつむだ」

「ゆるくはないと思いたいのですが……」

「なんでお前の貞操観念はそんなにがばがばなんだ。もうちょっと自分の処女性を大事にしろ」

「あなたと寝たので処女ではありません」

「好きな子は永遠に処女みたいなもんだろうが」

「……はぁ、よく分からない性癖ですが、俺に処女性を求めているのは分かりました。ですが、こういったことは初めて発情期を迎えた者にはままあることで、いまさら……」

「お前、よくそんな目に遭ってたのか？」

「……ケツは、よく、揉まれると……思います……」

「…………それ以外もあるとか言ってくれるなよ？」

「……尻や服に小便や精液がかかったこともありますが……、あの……でも、金を握らされて、いくらだ？　と言われても、付いて行ったりしたことはありませんので安心してください」

「聞けば聞くほど安心できんわ」

「はぁ……」

「お前、そんなに、そんなだったか……？」

もうすこし貞操への危機管理能力が発達していると思っていた。

箱入りに育てすぎた。自分が傍にいるから問題ないと慢心して、自衛する心を育て忘れた。

これでは、無垢でいたいけで醜い欲を知らぬ幼子が性犯罪に遭遇するのと変わりない。

「もうすこしきつめに匂い付けしとくか……シダ、そこに跪きなさい」

「はい」

呆れ気味のウェイシに言われて、シダは石床に跪く。

丁度、ウェイシの股間に顔を寄せる位置だ。

こういうのは慣れている。忙しい仕事の合間に処理を手伝うこともあったから、シダは慣れた仕種で「失礼いたします」とウェイシの服の裾から頭を潜らせ、帯革をゆるめ、腰帯を解き、ズボンの前だけを寛げて、大きく開いた口に一物を咥え……。

「待て」

「……っ」

額を押して遠ざけられて、シダは舌を出したままウェイシを見上げる。

「そのままじっとしていろ」

「……？　ふぁい……」

舌を出したまま、両手は両脇に垂らして固定し、餌に飢えた犬のように待てをする。

目の前に立派な一物がどんと幅を利かせていて、ヒトの形のままでも充分にオスとしての存在を主張していた。赤黒く、中太りした太い竿。すっかり剥けて、生き物みたいな肉感の亀頭。

鈴口の湿り気。雁首の段差にできる濃い影。頬ずりすると気持ちの良い陰毛。ずっしりと重たげな陰嚢が二つ。濃厚なオスの匂いが、シダの性衝動を揺さぶる。

「よだれ」

「……っふ、ぁ、ぃ、す、みぁ……せ……っ、ン」

舌を出したままのせいだと思いたいが、唾液腺からよだれが溢れて、顎先をだらだらと伝う。こくり、こくり、何度も喉を上下に鳴らすが、間に合わない。

これが、四日前にシダを女にした。じっくりと時間をかけてシダのメス穴を開き、貫き、満たし、シダの胎に種を付けた。これに、女の子にしてもらった。メス腹の喜びを教えてもらった。気持ち良くしてもらった。自分の胎に入ってくれた。自分の中にいて、射精した。

物欲しい顔をするなとウェイシが笑うけれど、シダはそんな顔をしたつもりはない。ただただ下腹が切なくて、はっ、はっ、と犬みたいに息を荒げてオスの性器に釘づけになっているだけだ。

なのに、ウェイシはそれをくれない。

シダがめいっぱい舌を伸ばして、膝立ちの体が倒れるぎりぎりまで前のめりになって、ウェイシが自分の陰茎を手にして遠ざけるのを目と鼻で追いかけて、終いには、なりふり構わずウェイシの太腿に両腕でしがみつき、逃がさないようにして、陰茎をぱくんと咥えていた。

「だめだ」

「……んっ、ぷぁ……っ、な、んれ、っ……っあ」

額を押して、遠ざけられる。めげずにもう一度咥えようと大きな亀頭に唇を寄せ、鈴口の汁を頂戴して、ほんの一滴ばかりが舌の上に乗ったと思った瞬間、その美味しい味を楽しむ間もなく、また額を押されて顔を遠ざけられ、おあずけを食らう。

「……うぇい、ひ……」

いつでも喉奥まで迎え入れられるよう、口を開けたまま甘え声でねだる。

そうしたら、優しいウェイシはシダの後ろ頭を掴み、メス肉を犯すように、ずぷりとシダの口内に陰茎を埋めてくれた。ずぶずぶ、ずぶずぶ。小造りな顔からは想像もできない位置まで収め、ぞくぞくと這い上がる喜びに打ち震えながら、シダは喉をきゅっと締める。

ウェイシが、下腹に力を籠める。シダは、喉の筋肉だけで陰茎を扱き、じっとウェイシを見上げたまま種汁を恵んでもらえるのを待つ。自分がひどくメス臭い思考で種汁を待ち焦がれていることにも気づけぬほどの劣情に囚《とら》われて、ウェイシの精液を待った。

けれども、与えられたのは精液以外のものだ。

それでもシダは、喉を鳴らして飲んだ。こくこく、こくこく。味わった。

最後にウェイシのこれを飲んだのは、戦中に砂漠で水分補給の手立てがなくなった時だ。その時は、ウェイシもシダのそれを飲んだ。あの時は水分補給が目的だったけれども、いまは違う。ウェイシは、シダの体の内側まで支配しようとしている。そして、シダはそれを拒めない。

じっとウェイシの瞳を見つめ、シダの頭を撫でながら気持ち良さそうに排泄《はいせつ》するウェイシにきゅうと胸が高鳴るのを感じながら、すっかり呑み干す。

「……っぅ、ぁぷ」

勢いが弱まった頃、後ろ髪を掴んで陰茎を抜かれ、顔に浴びせかけられた。

一滴も溢《こぼ》さずぜんぶ飲めるのに……。シダが舌を出してそれを追いかけると、ウェイシは「これから毎日くれてやるからがっつくな」と、聞き分けのない子を見る目で優しく笑った。

ウェイシは、雫の滴る陰茎をシダの頬になすりつけ、青鉄色の髪で水滴を拭う。

シダが、「お清めをいたします」と排泄を終えた一物の掃除を申し出ると、「お前にはなにをしても仕置きにならんなぁ」と呆れた様子で、けれども満足そうにシダの服従心を褒めた。

「こんなことをしては勘違いをされます」

オスが尿で匂いを付けた場所は、そのオスの縄張りだ。

これでは、シダがウェイシの所有物だと、よりはっきり明示することになる。

「勘違いされてなさい」

「本当に俺が嫁だと思われてしまいます」

「嫁だろ？」

「違います。……いや、その話はまた平行線になるので追及しません。あなたの匂いがすると誰かから指摘されたら、酔っ払って一緒にツレションして足にかかったとでも言います」

「お前の部下たちはそれで信じるのか？」

「あなたと俺、どれだけ一緒に悪さをやらかしてきたと思ってんですか？」

城を抜け出すのも、厨房《ちゅうぼう》の料理を失敬するのも、賭場に出入りするのも、祭りの日に一般人の恰好をして参加するのも、若い頃から、善行も、悪行も、なにもかもぜんぶひと通り一緒にやってきたじゃないですか……。

「……子供は産めそうなら産みますから……嫁にするのは、本当にやめてください」

口約束だけをして、シダは逃げた。

本当に、それだけは、勘弁して欲しかった。

「俺があなたの為にできることは、すごく、少ないんです……」

西廠の鬼としてなら、いくらでもあなたに尽くすから。

あなたの足を引っ張るような、嫁という重荷にはなりたくないから、それだけはやめて。

ヒト喰いが母になるだけでも、罪深いのに……。

顎先を伝うウェイシのそれを勿体《もったい》ないと言わんばかりに舌先で舐めとり、シダは、心と体で別々のことを想い、動いた。

【 3 】

シダは公私混同を徹底的に回避した。懐妊はまだかと指折り数える大臣に対しても、期待に応えるつもりはないと態度で示し、ウェイシと二人きりになっても甘ったるい雰囲気にならぬよう配慮し、ともすればウェイシがそういった雰囲気に持っていこうとするのを防いだ。

　薬をやめて良かったことは、副作用が薄れ、常日頃にも増して連日連夜の超過勤務が可能になり、より良く仕事に励むことができ、脳味噌も過活動に耐えられるようになったことだ。

「シダ殿、先日捕縛したシュエ族の者ですが……」

「それなら、昨日のうちに聴取を終えました。いまは七日ぶりの食事と睡眠で夢の中です」

「あの男、喋ったんですか？　あんなにだんまりだったのに……」

「シュエ族の住むルァクタ州は、血狼族のルドヒラ国の属州。彼らは血狼族の遠縁ですから、そのあたりから攻めました。彼は偵察のみで、有益な情報は持っていませんでした。おそらく、近日中にシュエ族か、……血狼族の本隊が、我が国へ不法入国する可能性があります。今回は、その下見だったんでしょう」

「見張りをつけて外へ放ちますか？」

「そうしてください。必ず仲間と連絡をとるはずですから、そこを一網打尽にします」

「東廠には……」

「連絡済みです。今回は協力したほうが賢明のようなので……。いま、ウトパラ殿が別の経路から裏付けをとっています。今後、捕虜にするならルァクタやルドヒラとの交渉材料になりますから、外務部と公安部にも打診を……」

「しますか？」

「書面にしておきました。本日付けで陛下に奏上しますので、裁可を頂戴しましたら、各部長官殿へ書面通知をお願いします」

「……シダ殿」

「はい、なんでしょう？」

「七日間、捕虜とサシで向かい合うのも、我々が手助けする必要もないくらい完璧な事務処理をなさるのもけっこうですが、そろそろ休んでは？」

アクイラは、ここ最近のシダにすこしばかり危機感を覚えていた。

シダは落ち着いて見えて、そうでもない。まだ二十一歳の若者で、ウェイシの為にと先走って、自分の身を厭わぬところがある。だからこそ、ウェイシも、シダの下にアクイラを付けているのだが、ここのところ、シダは鬼気迫るとでも言おうか、なにかにせっつかれたように仕事に専念していて、危なげだ。そして、こういうのは、発情期を迎えたばかりの青少年や、軍人になって一年目の新兵なんかに見かける様子だった。

抑制剤の使用を止めたというのは、シダの口から聞かされている。どの程度の物を使っていたのかはアクイラは知らないが、今現在、シダから匂い立つ甘くなまめかしい体臭から察するに、かなり強いものだったに違いない。

素人考えながら、服薬を一度に止めるのではなく、すこしずつ量を減らしていくべきだとアクイラは想像するが、おそらく、そんなことはウェイシも考えつくことだろうし、シダ曰《いわ》く、「陛下と侍医殿がお決めになったことなので、自分はそれに従うだけです」と言われてしまえば、アクイラは口を挟めない。

シダは、相変わらず陛下に盲目だ。

陛下の言葉でのみ生かされ、陛下の為に生きることにのみ喜びを見出し、それに存在意義を感じて、それでしか自分の幸せを実感できないのだとシダ自身が己に言い聞かせ、それ以外では幸せを感じてはいけないと己に強いているように見える。

いまは疲れ知らずでも、いつかは薬を抜いた反動がくるだろうし、食事も睡眠もとらずに働き続けられるものではない。ただでさえ仕事中心の生活だというのに、ここ最近はそれにも増す超過勤務の連続だ。それでもなお元気が有り余って、仕事の鬼を体現して、一所懸命が過ぎて、常に瞳孔が開いているようなシダは初めてで……ともなれば、アクイラは不安を覚える。

「アクイラ殿、……これは、限りなく無に近い可能性の話ですが……」

「はい、なんでしょう?」

「もし、陛下の子を産むとなると、やはりヒト喰いではあれども、母胎としても、それなりに公的に評価されていたほうが良いと思うのです」

母胎であるシダの評価が高ければ、シダを選んだウェイシの格も上がるし、胎の子も生まれた時に恥を掻かなくて済むし、周囲からの不平不満の種をひとつでも取り除ける。

「シダ殿は、そんな理由で仕事に励んでるんですか？」

陛下の為だけでは飽き足らず、さらには、無に等しい可能性の先にある、まだ生まれてもいない子供の為。

この、シダという生き物は、いつも誰かの為。

自分が幸せになる為には生きられないのが、あまりにも不憫《ふびん》だ。

「陛下の為に生きるくらいしか、したいことがありませんから」

「それでも、食事と睡眠くらいはしっかりとってください。シダ殿は、食べる時はおそろしいほど食べますが、仕事のことしか頭にない時は、そういうのを疎かにしがちです」

ヒト喰いの発情期は食欲が旺盛になるはずなのに、シダは寝食すら忘れて仕事に没頭することがある。そういう時のシダはいつもウェイシの為に頑張ろうとする時だ。

己の生存本能や生理的欲求を無意識にねじ伏せて、ウェイシに尽くす。

そういうのは、見ていて気が気じゃない。この子が、もし、ウェイシという生きる意味を失ってしまったら、すぐさま生きることを諦めてしまうのではないかと不安になる。

「陛下の為にも、シダ殿は長生きすべきです」

「ありがとう、気をつけます。……では、アクイラ殿、これが本日夕刻からの指示です。今日から五日は第二種配置で西廠総員待機。武装と軍馬の点検を密に、それから……」

「それから、東廠に遅れをとらぬように……ですな？　部下には周知徹底しておきますから、シダ殿はどうぞ陛下のもとへ。今日も呼び出しを頂戴しているんでしょう？」

「そうではあるんですが、……話が終わり次第、こちらへ戻って雑務を片づけ……」

「片づけんでいいです。あなたの認印が必要なものは、もう片づけてくれたじゃないですか。急ぎはありませんから、ゆっくり陛下と話し合いでも子作りでもしてきてください」

「しません。こちらの報告書を陛下にご覧いただくだけです。……そうだ、急ぎの案件がないなら、途中で人事部に来期の人員補充の件で……」

「やっときますから行ってください」

「……すみません。助かります」

シダは折り目正しく頭を下げて、背筋をまっすぐ伸ばして西廠を後にした。

アクイラは、「あの人、七日も着たきりで、仕事上がりの埃っぽい格好で陛下に会いに行くのか……」と苦笑した。

シダが陛下を慕っているのは周知の事実だが、どうにもこうにも長く一緒に居すぎたせいで、ここぞというところで気配りできていないのが、なんとも愉快だった。

あれはもう、身嗜《みだしな》みに気を使うような恋を始めたばかりの関係ではなく、結婚二十年目くらいの夫婦だ。

＊

「鼻血出てるぞ」

「え、本当ですか？」

ウェイシに言われて、シダは自分の鼻先に触れた。

「血の気多いな。ほら、拭いてやるから触るな」

ウェイシはシダの手を引き、絹張りの長椅子に腰かけると、膝へ乗せたシダの鼻を袂で拭ってやる。

「陛下、けっこうです。自分でします。こちらの報告書を届けに来ただけですから……陛下、ふがっ……へいか、……っん……へ、いか……っ」

「あぁ、そんなに出てないな。……良かった。明日は休みだろ？　さっきアクイラから使いが来て、明日の夜までお前を一人占めしてくれと頼まれた」

「いえ、帰ってこれからまた仕事を……」

「いやだ。部屋に籠って俺と交尾してくれ」

「勘弁してください」

「一発やらして」

「……っ」

「ディヤ、頼む、お前にしか頼めないんだ」

おねがい。昔から、俺のなにもかもを受け入れてくれるのはお前だけなんだ。だから、おねがい。拒まないで。お前に拒絶されたら、俺は……生きていけない。

「ディヤ、……今日は、一人で眠りたくないんだ」

「……しょっ、しょうがない、ですね……」

求められていやなわけがない。それに、ウェイシは、シダに拒まれることをとても恐れているし、シダだけは絶対に自分を忌み嫌わないと信じていたい。シダもそれを分かっているから、どうしても、どう足掻いても、ウェイシを拒めない。

「ありがとう、お前の優しさにいつも救われてる」

シダがウェイシの唇を受け入れ、その背に腕を回すと、ウェイシは頬に穏やかな笑みを刻む。

心の底では、「うちの子はほんと押しに弱いな。俺に頼みこまれたら断れないんだろうなぁ、……でも、ちゃんと断ることも教えてやらないとなぁ」としみじみ考え、そんなところも含めて愛しさが想い募る。

ウェイシのそんな思惑など、シダは知る由もない。

性的に未熟なシダが、昼も夜もない交尾に突入したのだと気づくのはその夜遅くだが、その時にはもう腰砕けで、長椅子に腰掛けたウェイシの膝に乗せられたまま、その引き締まった腹がぽてっと膨れるほどたっぷりの種を撒《ま》かれていた。

抑制剤を抜いたばかりの体は、一度目よりは反応が良いとはいえ、まだ下腹は冷たく、ウェイシにじっくりと愛されて、それでようやく解《ほぐ》れるような、不慣れな体だった。

前後不覚になるほどウェイシの匂いに興奮して、鼻腔から脳へ抜けるそのオス臭さにアテられて、言葉もままならぬほど乱れて、けれども、手練手管が備わっているわけではないので、焦《じ》れて、泣いて、ぐずって、ウェイシの上で腰を振った。

繋がっている間はずっと唇を求めて、「手も繋いで」とねだって、下手な腰使いがちょっとしたものになるくらいまぐわい続けて、結合部がこすれすぎて、ぽてっと腫れて、痛くてもやめられなくて、一度目よりは深く繋がれたことが嬉しくて、シダは何度も果てた。

一晩中開いていた股関節が閉じなくなって、締まりも悪くなり、明け方にはウェイシの手で股を閉じてもらって、後ろから犯してもらった。そうしたら、精液のたっぷりと詰まった胎が重みで下がって、たぷたぷと揺れた。

終盤ともなれば、なにをしているかも分からず、「朝餉《あさげ》の時間だぞ」とウェイシに言われて、そのまたぐらに顔を埋めて一物をしゃぶり、「そっちじゃなくて、本物の食事のほうだ」と笑われて、口移しで食事をもらった。

食事をしながら後ろにも咥えさせてもらい、贅沢《ぜいたく》にも両方の口でご馳走を味わった……というよりは、交尾をしながら食事もこなす、といった具合で、後になって、「ぜんぶ宦官に見られた」と冷静になってから気づき、頭痛がした。

宦官の口に戸は立てられない。

明日には、シダとウェイシの新たな関係が、宮中での暗黙の了解になっているだろう。

それでも、交尾の最中は、目の前にいるウェイシが格好良くて、どうにも思いが募って、溢れて、我慢ができなくて、頬を両手で押し包んでは唇を奪わずにはいられなかった。

あんなにも美しいオスに求められたら、その見事な空色の髪をくちゃくちゃにできるのは自分だけの特権だと自惚《うぬぼ》れてしまうし、この逞しい体に歯型を残せるのは自分だけだと得意げになって噛みついてしまうし、そうして自分の痕《あと》を残すことに優越感を覚えてしまう。

この歳になってまで、「ウェイシはディヤのわがままぜんぶ聞いてくれる！」という幼児にも似た万能感を発揮して、「ディヤのちんちんさわって」と自分を幼名で呼んで甘えて、「しっぽちょうだい、しっぽでおふとんして……」とねだっているところを宦官たちに見聞きされて、我に返ると腹を切って死ぬしかないようなことばかりした。

「いいじゃないか、可愛かったぞ」

「成人男子が可愛くてどうするんですか。……あぁもうだめだ、おしまいだ……もう、宮中のどの道も歩けない……俺の通り名が西廠の淫売になってしまう……」

「そんなに悲嘆に暮れることか？」

「俺は西廠の鬼神なんです。……それが、それがっ……陛下とまぐわいながら陛下の腹によだれを垂らして、口を開けたまま寝こけて、あまつさえ陛下の尻尾で自慰に耽る様を見られて……腹もこんなに膨らんで、だらしない姿で……」

「ははっ、威厳もへったくれもないな」

種汁でボテ腹になった軍人など、宦官どもの噂の種だ。

それが鬼の西廠提督ともなれば、噂は疾風のごとく駆け巡るだろう。

「だめだ、だめです、陛下、こんな爛《ただ》れた生活はいけません。品行方正になりましょう。交尾は拒みませんから、せめて、十日に一度、射精回数は一度と決めましょう」

「お前、雪獅子が一度に出す量と交尾の回数を知らんわけではないだろ？　一度どころか百回でもたりんぞ」

いまはまだヒト型でしか交わっていないが、盛りが最高潮に達したら、雪獅子の本性でシダを抱くことになる。

「そうなったらお前、十日はここから出られないと思えよ」

「公務が滞ります。こっちは恐れられていくらの商売なんです、宦官どもはもちろん、誰からも侮られたくありません。……あぁ、明日からが憂鬱だ……」

シダがそう案じた通り、早速、翌日から憂鬱な事象が発生した。

宮中の宦官たちがシダを天子様の御子の母胎と認識し、そのつもりで世話をしてきたのだ。シダは、まるで後宮に入った公主のように、下にも置かぬ扱いを受けた。

そのあまりの居心地の悪さに、「だめだ、仕事がしたい、判子を押したい、書類の確認をしたい、馬に乗って悪党を成敗したい、もっと雑に扱って欲しい」と頭を抱えた。

かといって、城内でもっとも数の多い宦官を敵に回すことでもできず、じわじわと外堀を埋められ、ウェイシに絆される形で一緒に過ごす時間が増えた。

それこそまるでシダが幼かった頃と同じくらい一緒に過ごす時間が増えて、そして、いまは家族のそれではなく、まるで恋人に差し出すような愛まで増えて、「愛されすぎて脳味噌腐ってんじゃねぇか？　近寄るな、種汁臭い。交尾しまくってんじゃねぇよ」とウトパラをして言わしめんばかりの愛情の供給過多だった。シダはその身に余る幸せに戸惑い、持て余した。

与えられても応じられない愛ほど、苦しいものはなかった。

「百歩譲って、この不肖の胎はご自由にお使いくださってけっこうですが、嫁だのなんだのだけは勘弁してください」

「孕むことだけは譲ってくれるのか」

じわじわ、ウェイシの言い分が通りつつある。

最初は、子供を産むことさえ勘弁してくれと頑《かたく》なだったのに、交尾を拒むこと即ちウェイシを拒むことと関連づけてしまったシダは、それを拒めなくなってきていた。

「嫁はいやだというが、いずれはお前と俺が結婚しないと話が進まんだろ？　将来的に、俺が誰かのものになってもいいのか？」

「……それは、その……それに対する明確な返答は避けますが、すくなくとも、あなたを俺のものにしちゃいけないのは確かです」

「一生、日陰の身でいるつもりか？」

「一生、あなたの為に生きる西廠の鬼神でいます」

「俺はお前をそんなふうにしたくない。お前は俺のものだろ？　なんでこういう時にだけ俺の望む通りにしないんだ？　俺のことを愛してるなら、名実ともに、俺の……」

「陛下、シダに仕事をさせてください。国家に利益を齎《もたら》す役目を遂行させてください」

シダは、話の途中でそそくさと仕事へ逃げる。

陛下のお話を途中でぶった切るという不敬が許されるのはシダだけなのに、それが許されるどころか、「そうして逃げ惑って葛藤しているのも可愛いな」とウェイシに思ってもらえるのもシダだけなのに、当のシダは、兎にも角にも陛下の求婚だけは拒まなくては……ということばかり一所懸命になっていて、そのあたりの甘やかしには気づいていない。

そのくせ、仕事中に尻からどろりと子種が垂れて、シダの背後に回ったアクイラから、「シダ殿、着替えてきたほうがいいですよ」と、腰に上着を巻かれて耳打ちで教えられる……という、爛れた日常を送る破目になっている。

「……で、お前はなにしてるんだ？」

「万に一つの可能性を考えて、気休めではありますが、掻き出しています」

一度目の時はまったく余裕がなかったし、妊娠の可能性を下げるのであれば、性交渉の後は事後処理をしたほうがいいという知識もなかったが、回数を重ねたいまは違う。

気休めではあっても、この胎に長く子種を居座らせてはいけない。

「お前、いまのいままで自分を抱いていた男の前で、よくそんなことができるな……。なんかさすがの俺もちょっと悲しいぞ。……もうちょっと胎に溜めといてくれよ」

「いやです。ボテ腹抱えて仕事はできません。ただでさえ、あなたとまぐわった後は尻の穴がゆるんでじわじわ漏れるんです。便所も近くなるし……」

「手伝おうか？」

「陛下のお手を煩わせるわけには参りませんので」

「でもお前、指の一本突っこむにも、そんなおっかなびっくりで時間かかってるのに……」

「……っ、いぃから、見ないでくださいっ……それより、ほら、その、……そこの手拭い取ってください。あなたの、量が多いから……、っは、んぅ、……ぁ」

「尻に敷くか？」

「っん、ぅ」

こくんと頷いた瞬間、下腹が大きくうねり、薄く口を開いた穴からどぼりと白濁が溢れた。

「尻から射精してるみたいだな」

「わっ、わらいごとじゃ……な、っ」

雪獅子は、射精回数も多ければ、一度の量も半端ない。しみじみと我が王の生態を実感しながら、シダは、尻の穴を自分の指で塞いだ。ちっとも締まらない括約筋は縦向きになる癖がついて、指を横に二本入れるよりも、縦に二本そろえて入れたほうがよく入る。

長い時間をかけて、太いもので拡張されながら攪拌《かくはん》されたせいで、内側に空気をたっぷりと含み、はしたない音をウェイシに聞かせてしまう。これでもまだ挿入は完全ではなく、シダの穴を広げることを主とした交尾なのだ。本番ともなると、想像するだに恐ろしい。

そしてたぶん、将来的に、雪獅子の姿になった時の一物を挿入する為に、ウェイシは手間暇かけてシダの体を仕込んでいる。

「腹の掃除でそんなによがってていいのか？　息が上がってるぞ」

「よくない……ですよっ……まだ本番じゃないのに……もう、こわ、れっ、て……っ、あなたが、その、それで、いっぱい掻き回すから……俺のここ、壊れたじゃないですか……っ」

「こんなもんで壊れたとか舐めたこと言ってたら、本番の時には股関節を外して、骨盤を割ってでも犯すからな。……ほら、こっちも使え。手拭い一枚じゃ足りないだろ」

ぐっしょりと重くなった手拭いを絞ったら、じゃぱりと滝ができる。

「胎が、ひっこまない……」

「お前の胎の居心地がいいんだな」

奥へ流れた子種汁はシダの胎が気に入ったのか、ずっと奥まで進んでしまって、結腸の向こうに入って降りてこない。

ぎゅる、ぐる……とシダの胎が唸《うな》る。これは、異物を排出する為の動きではなく、オスの種をもっと奥へ呑みこんで、妊娠する為に大事に溜め込む為の動きだ。

「俺のがぜんぶ入った暁には、ここまで届くんだな」

シダの臍の左斜め上に大きな掌を添えて、ぐっと圧をかける。

「ひ……っ、ン」

外側からそこを刺激されただけで、シダのメスの器官はオスを咥えこんだ時の心地良さを反《はん》芻《すう》し、シダの意志に関係なく中でイって、びゅくっ、と射精までした。

「お前は優秀だな」

「あ、あなたが……ここばっかりぐちゃぐちゃにするから……おく、響いて……」

「響いて？」

「……し、っ、……仕事中なのに……馬に乗った時も、走った時も、下腹に力を籠めただけの時も……感じて……俺が……、俺は、そういうのじゃないのに……」

ただ生きているだけで盛りがついてしまうほど、淫らになっている。

「……シダ、いますぐ抱かせろ」

「俺のこの真っ赤に腫れてぐずぐずの穴を見て、それでもまだ股間を大きくするんですか……」

ウェイシに詰め寄られたシダは悲愴《ひそう》な面持ちでそう訴えたが、ウェイシにしてみれば、剣だこのあるシダの指が、ゆるんだ尻の、その、ふちのめくれあがって肉のこぼれた性器を掻き回しているのを見てしまったら、我慢のしようもない。

「股を開け。お前の王がお前を所望だ」

「あなた……俺を抱き潰して、明日、仕事をさせないつもりですね」

ウェイシの目的がなんとなく分かった。ウェイシは、シダとの交尾だけが目的ではなく、シダに仕事を休ませて、二人で過ごす時間を増やそうとしているのだ。

「さすがは俺のディヤ。理解したなら話が早い。ここ最近働き過ぎだ、休め」

「…………こんな遠回しで、いやらしい方法で説得しないでください」

「抱き潰しでもしないと、お前、休まないじゃないか。……お前が仕事に懸命なのは知っているし、お前の努力の結果、いまがあるのも分かってる。でも、俺はお前を大事にしたいんだ。俺から逃げる為に働くなら、それはやめてくれ」

「股を開いて掃除してる時に、そんな真摯な態度はやめてください。とりあえず、あの、たぶん、奥から排泄物おりてきて汚いので……手を離してください、洗ってきますから」

開かれすぎて、閉じない。ウェイシの精液は子宮に入るけれど、それよりも手前にある直腸は、そうもいかない。尻を掻き回されると、排泄物がぐるりと動くのだ。

ウェイシに手を掴まれたシダは、できるだけ雰囲気を壊すようなことを言ってみた。

「お前の漏らしたものなんか見慣れてる。そんなことよりも、お前を見ているといますぐ仕事を休め、仕事をやめろと言いたくなるんだ」

「ウェイシ、頼みますから……そういうこと言わないで……」

俺から生きる意味を奪わないで。

「俺はお前を大事にしたいんだ」

そんなに頑張り過ぎなくていい。そんなに頑張らなくても、お前の価値は色褪《いろあ》せない。そんなことにお前の価値を当て嵌めたりはしない。俺のことも、周りの目も気にするな。

お前のことは俺が守るから。

頼むから、俺に甘えてくれ。独りで色んなことを考えないでくれ。不安なら不安だと言ってくれ。俺に相談して、俺に決めさせてくれ。お前が自分のことを決める時は、いつも自分自身を痛めつけるような方法ばかりだから。だからどうか休んでくれ。そう言いたくなるんだ。

この俺に、お前を大切に愛おしませてくれ、そう願わずにはいられないんだ。

一時でもいい、俺の傍にいて、そこで眠ってくれるだけでも構わない。面倒臭そうにご飯を食べてくれるだけでもいい。だらだらとだらけて、横になってくれるだけでもいい。当たり散らして、意味もなく俺を蹴って、叩いて、急に膨れ面になって、怒って、それで、突然、思い出したように抱きついてきて、満足したら離れていくだけでもいい。

なんでもいいんだ。お前が楽になるなら。そうして羽を休めて、また仕事を頑張ろうと思うなら俺はそれを応援する。でも、これだけは覚えていて欲しい。ちゃんとお前には逃げ場があるってことを。俺のもとへさえ来たら、いつでもお前を助ける男がいるってことを。

ひとりじゃないってことを。

「俺は、お前のことを愛してるんだ」

「……その言葉は、言わないでください」

その言葉は、シダをだめにする魔法だ。

だって、シダは知っているのだ。

幼い頃に、一度はそれに耽溺したことがあるから。

ウェイシに庇護《ひご》されて、世話をされて、甘やかされて、冷たい体がいつもぽかぽかしてて、ご飯を食べさせてもらって、発情したら慰めてもらって、でも、してもらうばっかりがいやで、お返しをして、そうしたら二人ともが幸せで、いつも頬っぺたがふにゃふにゃの自分がいて、心から安堵《あんど》して眠れる夜が訪れて、次の日もまた愛しい人と歩んでいける喜びで脳味噌がとろけて馬鹿になってしまうことを、シダは、幼い時に一度は経験して、学習しているのだ。

だから、愛しているという言葉だけは、受け入れられない。

もう、いまは、戦争に明け暮れた獰猛な獣の王と、何も知らぬ奴隷の幼子ではないのだ。

「お前は、俺を愛してくれないのか？」

「……っ、あい、しません」

愛していません。大好きです。

あなたのことが好きすぎて、いま、こうして愛していないと嘘《うそ》をつくだけで涙が溢れてくるのに……。あなたを恋い慕う幸せを感じることですら涙が溢れて止まらなくなるのに……。

酷なことを訊かないで。

わざわざ、自分の気持ちを再確認させないで。

そうして、あなたが好きなのだと思い知るたびに、あなたへの思いを殺さねばならないことが俺を苦しめるのだから。

*

いまから約十五年前、北の帝国との戦争末期。

シダは、献上品として戦地にいた。

場所は、雪深い山脈。ウェイシ率いる禁軍が占領した帝国の領地だ。セン国の北端に程近く、切り立った断崖に囲まれた天然要塞で、ちょっとやそっとでは見つけられない場所にある。

セン国にとっても、帝国にとっても、ここが兵站《へいたん》の要であり、補給線を延ばす上でも、この場を押さえることが勝利条件とも言えるほどだった。

センの国の前線部隊は帝国の中心部に食いこんでいたが、前線がどれだけ奮闘しても後方支援の要衝であるここが落ちれば、帝国に逆転を許す手立てを与えてしまう。

後方にあっても、この城砦《じょうさい》を巡っての死闘は凄惨を極め、ある意味、前線よりも肝心な絶対防衛圏であり、そして、その分だけ、前線とはまた違う鎬《しのぎ》の削り合いがあった。

シダがここへ連れてこられたのは、その戦闘行為の合間だった。

双方ともに次の一戦の為の準備をしているようで、戦場にしてはわりと静かだった。

山頂には万年雪が残っていて、山風に乗って降りてくる冷気が戦場の熱気を和らげていた。その山の雪解け水は城砦の水路に引かれているようで、しゃらしゃらと水音がした。

雰囲気は落ち着いていてもピリピリと張り詰めた空気が漂っていて、軍人はみな人相が通常のそれとは異なっていた。血の匂いと死臭が充満していたが、くすんだ砂色をした要塞にしては緑が生い茂り、水と食料で溢れていた。

シダは二の腕に寒さを感じながら、他の献上品たちと一緒に屋外の広場に集められていた。宝石や武器、家畜とは別の扱いで、そこにいるのは、片手で足りる年齢の子から三十代そこそこまでの奴隷、人足、戦災孤児、異民族や敵国の王侯貴族と種類は様々だった。

種類こそ様々だったが、要は、生きた戦利品だ。

「このなかから、見目の良い物をすべて選び出し、陛下の御心を慰める道具に」

目録を作っていた宦官が、部下の宦官にあれこれと指図している。

生きた戦利品たちは、それぞれ喋る言語も、身に着けている衣服も、出自も様々だったけれど、なんとなく、自分の近い将来については予測がついていた。

いまから、あの残虐な王の前に引きずり出され、犯され、喰われ、奴隷にされたほうがまだマシだと思える汚辱のなかで死ぬのだということを理解していた。

その時のシダは、シダという名前もない浮浪児で、六つにも満たない年齢だった。親兄弟もなく、泥土に汚れて、死体から衣服や金目のものを剥ぎ取り、死屍《しし》肉を貪り、食べ物を探してうろついているところを敵国に捕《とら》えられ、紆余曲折を経て雪獅族の陣中に来た。

「あぁ、それは小さすぎるので陛下のお相手はできません。そういうのは処分してしまいなさい。……いえ、待ちなさい、それはヒト喰い族ですね。希少種です。残しておきなさい。ヒト喰いを食べると長生きできると言いますから……陛下にお召し上がりいただきましょう」

年頃の者たちがどこかへ連れて行かれ、人や物がごった返すなか、シダはその混乱に乗じてそろりと逃げ出した。

人目につかぬよう物陰や隅っこを選んで逃げた。けれども、この城は広い。真冬の寒さと相まって、空腹のシダは途中で力尽き、湖に面した四阿《あずまや》でへたりこんでしまった。

一度でも座ってしまうと、もう動けない。

ここは静かで、がちゃがちゃと鎧《よろい》や刀の金属音もうるさくなくて、それに、砂色の要塞の内側なのに森と湖があって、冬にはそぐわぬほどぽかぽかとしたお日様が照っている。

シダは冷たい石畳の陽だまりに寝そべり、眠ってしまった。

目を醒ましたら、隣に獅子がいた。

隣というより、真っ白の大きな大きな獅子の懐に埋もれていた。獅子の腹にシダの上半身がぜんぶ乗っかっていて、ふぁふぁの毛並みに体のほとんどが沈んでいる。筋肉が程好い弾力で弾み、おなかはぽかぽかして、ちょっと暑く感じるくらいの熱がまた心地良かった。

毛皮に触れている頬や、剥き出しの素足がくすぐったくて、くすぐったいのにすべすべで、ふかふかで、生まれて初めて包《くる》まった上等のお布団の感触にシダは驚いて固まってしまい、指先ひとつ動かせず、青鉄色の瞳だけをちらりと動かした。

ぎょっとした。目と鼻の先に、獅子の寝顔があった。獅子は目を閉じているから、ぜんぶが真っ白で、どこにお顔があるのか分からなかった。けれど、この獅子は自分の腹をシダの寝床に提供してくれて、首周りの鬣と前脚でシダの上掛け布団になってくれていた。

どうしよう、お布団にしちゃった……怒られるかな……。

……でも、ふわふわ。

ふわふわで、おっきくて、静かな寝息が可愛くて、シダは思わず、その雪色の獅子の湿ったお鼻をなでなでしていた。青空みたいな鬣、立派なお耳、賢そうな額、かっこいいお鼻……ゆっくり、ゆっくり、眠る獅子を撫でた。撫でながら、指先に触れる毛並みの心地良さを楽しみ、「くぁああ」と大きな欠伸をして、ぽふんと腹の毛に埋もれて、うとうと。

いまにも瞼が落ちて、こてんと眠ってしまいそうになりながら獅子のおなかを撫で、その撫でる気持ち良さに眠気を誘われ、ついには眠気に負けて、シダの手がぱたりと落ちた。

瞬間、ぱちっ、と獅子が両目を開いた。

二人の視線が重なり、ぎょっとしたシダが大きな目を見開いて呆然《ぼうぜん》としていると、その獅子はシダの襟首を噛み、親猫が仔猫を咥えて歩くみたいに、ひょいと持ち上げた。

雪獅族でも、南の血狼族でも、北の墨鳥《ぼくちょう》族でもない。どこにも属さない見た目から、獅子は、シダをヒト喰いと判断したのだろう。そして、逃げてきたことも察してくれたのか、ひと気がなく、目立たない場所へシダを連れて行ってくれた。

獅子は、木々に隠された庭園の奥、木漏れ日の下に陣取ると、また伏せをしてシダを横腹に乗せ、首をぐるりと巡らせてシダを隠し、冷たい体を温めてくれた。

「ぁ、ぃがと……」

雪獅族の言葉で、拙い礼を伝えた。

たどたどしい言葉では感謝をたくさん伝えられない気がして、シダは獅子の首に体ぜんぶでぎゅうと抱きつき、ちいちゃな舌で耳の後ろの毛を舐めて毛繕いした。

すると、獅子は、尻尾で、たっしたっし！　地面を叩いてお返事をくれた。

可愛かった。すごくすごく、可愛かった。

ご飯を食べてもいないのに、シダのぺしゃんこのおなかがあったかくなった。

その感動を表現したくて、でも言葉が覚束《おぼつか》なくて、獅子にべったりくっついて、むぎゅうと埋もれた。獅子はすこし身を引くような仕種をしたけれど、シダはそれを追いかけて、仔猫が親猫に絡むみたいに、もだもだもつれこんで、ぎゅうぎゅうして、小さな腕になけなしの力を籠めて、抱きしめた。

「陛下！」

ふにゃふにゃとした二人のじゃれあいを、大声が邪魔した。

がちゃがちゃと武骨な金属音、大勢の不躾な足音、血腥《ちなまぐさ》い臭気。シダの布団になっている獅子を探していたのか、贅沢な服を着た宦官と武装した軍人が何人もやって来た。

「陛下、こちらにいらっしゃいましたか……」

「……陛下、その、お抱えになっていらっしゃる生き物は……？」

「なんと無礼な！　お下がりなさい！」

家臣団は、獅子を陛下と呼び、陛下と呼んだ獅子に寄り添うシダを怒鳴りつけた。

シダは、本能的に、獅子から距離を取るのではなく、獅子にしがみついた。

「ヒト喰い！　下がれと言っている！」

それで余計に家臣たちは慌てふためき、シダを引き剥がそうと剣を抜いた。

途端、それまで一度も口を開かなかった獅子が、ひと言、ひどく情感の薄い声で、「構わん」と言った。

たったそれだけで、シダ以外のその場にいた全員が、膝を突いて平伏した。

恐《こわ》がっているのだと、思った。

この場にいる全員が頭を垂れて敬意を表し、平静を保っているけれど、獅子の傍には近寄らなかったし、どこか遠巻きで、内心の恐怖がシダにも伝わってきた。

それは、家臣として当然の立ち位置で、王の呼びかけがなければそれ以上は近付かないことが正しいのだが、シダにはそう見えた。

この人たちは皆、この真っ白の獅子がこわいのだ。

恐れているのだ。

そういうのは言葉がなくても雰囲気で分かる。

そして、シダにも分かるくらいなのだから、きっとこの獅子も分かっているだろうと思った。

だからシダは、獅子の頰に自分の頰を寄せて、むぎゅっ、とくっついた。ほっぺたがぺちゃんこになるくらいくっついたら、獅子はうるうる喉を鳴らして目を細めた。

それがまた可愛かった。

とっても、とっても、可愛かった。

なのに、皆、脅《おび》えていた。

「ゆきいろ、おうさま?」

雪獅子の国の言葉で獅子をなんと呼ぶのか知らなくて、ゆきいろ、と呼んだ。

そうしたら、「ウェイシだ」と名前を教えてくれたので、それで、シダも気づいた。

この可愛い獅子こそが、この獣こそが、雪獅子の王だ、と。

数多《あまた》いる種族の、その、無数に存在する凶暴な肉食獣のなかで、最も残忍かつ獰猛だと恐れられている雪獅子の王。

この戦争で、星の数ほど存在する墨鳥族の大半を屠り、同族からも恐れられた王。

戦に囚われた獣王。

彼に献上された奴隷は、無惨にもその純血を暴かれ、交尾の真似事を強いられ、到底、人の身では耐えられぬ一物で貫かれて壊れたなら、生きたまま喰い殺される。

シダも、この王に喰われる為に、ここへ連れられて来た。

「ゆきいろ、おれのこと、たべる？」

「喰わない」

「たべて」

シダは、ウェイシの大きな口を両手で開かせて、ぐりぐり頭を押しこんだ。

「どうして喰っていいんだ？」

「ヒト喰い、たべると、いっぱい生きられるよ」

「あぁ、長生きの迷信か……。でも、どうして俺に喰わせてくれるんだ？　俺に喰われたら、お前は死んでしまうぞ？　ばりばりと頭から齧られて、すごく痛いぞ？」

「そしたら、ウェイシのおなかのなかで暮らす。ウェイシのおなかすき。ふぁふぁ。あったかい。だいすき。それに、ながいきしたら、怪我《けが》もなおる？　でしょ？　ウェイシのいたいいたいの怪我もどっかいって、くるしそうなお顔も笑うでしょ？」

ウェイシはシダと一緒にお昼寝をしてくれた、やさしい、やさしい人。

食べさせてあげたい。

だって、ウェイシは傷だらけだ。

白い毛並みは血に染まり、毛皮を撫でたシダの小さな掌に血脂が粘つき、乾いたそれは膠《にかわ》のように固まって死臭がまとわりつき、その毛皮をちょっとでも掻き分ければ数えきれないほどの傷があって、それを見つけただけのシダもぎゅうと痛くなって……。

「怪我してるから、誰か、治してあげて」

シダがそう訴えるのに、誰もウェイシの傍に寄り添ってくれなくて、手当てしてくれなくて、返り血さえ拭ってくれなくて、シダの汚れた服や手ではきれいにしてあげられなくて、可哀想で、可哀想で、……ぎゅってしてあげたくなった。

だから、抱きしめた。

ただただ、抱きしめた。

もう抱きしめているのに、もっと抱きしめてあげたくなった。

この人の傍にいてあげたいと思った。

こんなに水が豊富な土地なのだから、お湯をたっぷり使ってお風呂に入れてあげて、石鹸《せっけん》をいっぱい使ってわしゃわしゃ洗ってあげたかった。

宝石みたいな青い眼に石鹸が入って痛くならないように、頭やお顔を洗う時は、右手で右の眼を守ってあげて、左目も同じようにしてあげて、ぴかぴかにしてあげたかった。

血を流し終わったら、ふかふかの手拭いと太陽で乾かして、鬣を櫛で梳いて、そよそよ風に靡《なび》くくらいふぁふぁにして、前脚の折れた爪もきれいに摘《つ》んで、欠けたところを磨いて、後ろ脚の傷にはお薬を塗って、包帯を巻いて、それから、眠くて眠くてふわふわとろとろするくらい撫でてあげて……。

でも、シダはそれらをしてあげたくてもしてあげられなくて、薬どころかお湯も用意してあげられなくて、弱くて、無力で、ただただ食べられるだけの存在で、どうしようもなくて、なにもしてあげられなくて、ただ、傍にいるだけしかできなかった。

せめて、おなかが冷えないように今度はシダが布団になってあげたかった。水もお湯もないなら、ウェイシの、その血まみれの口もとを舐めてでもきれいにして、唇を寄せて……。

誰か、この人を愛してあげて、と思った。

シダなんかよりも、もっと立派で、きれいで、腕力もあって、権力もあって、お金もあって、お湯もすぐに用意できる人がここにはたくさんいるんだから、ここには大人がたくさんいるんだから、だから、誰かこの人を愛してあげて……そう思った。

だって、この人は、こんなにもきれいなのだ。こんなにも高潔なのだ。こんなにも優しいのだ。こんなにも戦ってきたのだ。こんなにも頑張ってきたのだ。

唯一、白いところの残った腹の下でシダを抱きしめて、暖を与えてくれたのだ。

血に濡れそぼった尻尾の先でシダを汚さないように気を付けてくれて、爪で傷つけないように丸めてくれて、牙で脅えさせないようにそっぽを向いてくれて、ぐるぐると唸って、「離れろ」と言わんばかりにシダを遠ざけようとして……。

あぁ、この人の為に死んであげよう、と思った。

この人の為に生きよう、この人の為に生きたい。そう思った。

この人がくだらないことにも楽しそうに笑って、毎日おいしいご飯を食べて、たくさんの人に囲まれて、なんの憂いもなく幸せに暮らせるようにしたいと思った。

この人が頑張らなくてもいいように自分が頑張ろうと思った。

誰もこの人を愛さないなら、自分が愛そうと思った。

皆、馬鹿だと思った。

こんな素敵なオス、滅多といないのに……。

「たべないなら、つがう？」

だから、食べないなら番って欲しいと想った。

そしたら、ずっと傍にいられるから。

子供じみた浅はかな考えだけど、この人が孤独にならない為ならなんだってしようと決めた。

守ろうと決めた。

この人がそれを望まなくても、この人の邪魔にならないように、この人の為に、永遠に、せめて、この時の気持ちだけを貫いて、この人の傍に寄り添おうと決めた。

だって、この時のウェイシはまだ十六歳で、なのに、もうずっと何年も皇帝として振る舞い、皆の為に戦ってきたのだ。

そうして頑張って戦えば戦うほど恐れられて、皆が遠ざかっていって、まだ若いウェイシにとって、それは耐えられない哀《かな》しみで……。それでも自分を殺して、感情に蓋《ふた》をして、恐れられれば恐れられるほど、国の為、民の為になると信じて、たった十六年しか生きてないのに、大人よりもしっかりと生きて、働いて、戦って、求められたこと以上に応えて……

「あの時の俺は未熟で、周りが俺を恐れれば恐れるほど苛立《いらだ》って、それを戦争にぶつけて、それでまた余計に脅えさせて……でも、どうしても、どうやっても、どんなに頑張っても報われなくて……。戦死した親父《おやじ》の跡を継いで、転戦に次ぐ転戦で勝ち星を挙げ続けて国を持ち直させたのは俺なのに、なんでこんなに怖がられなくちゃいけないんだ……って思いばかりが強くて、態度も悪くて、どんどん周りを遠ざける雰囲気を作ってさ……。いま思い返すと恥ずかしいよ。あの時、俺から離れずにいてくれた臣がいてくれたことも確かで、俺はそういう人に感謝して、大事にしなくちゃならなかったのにさ……ほんと、器が小さかったんだ」

三十一歳になったウェイシはそう自嘲していたが、シダはそれを否定した。

ウェイシはなにひとつとして自分を恥じることはない。強くそう訴えた。

そしたら、ウェイシが「お前みたいなのが傍に一人いてくれると、俺は生きるのが楽になるよ」と笑ってくれた。

十代初めから二十代後半までの、多感でいて、一番楽しいはずの時期を、ずっと戦争に潰されたウェイシが、本来の優しくて穏やかな性格を表に出せるようになったのは、ここ数年。

やっと、ウェイシがウェイシらしく生きられる時代になった。

だから、シダは、いまが大事だった。

ウェイシが皆から遠巻きにされるのではなく、ウェイシを愛する人に囲まれて欲しかった。

ウェイシが傷ついて、戦って、血みどろになるのではなく、国を豊かにする為のきれいな話をして欲しかった。

それが、シダの人生にとって、もっとも大切なこと。

ウェイシの存在だけが、シダの生きる意味。

あの日と同じ想いで、一緒に昼寝をしてくれた、あの、あったかい気持ちで傍にいたい。

いま思えば、出会ったその日に恋をした。

あれから十五年も経てば、幼い恋は終わり、それはもう恋ではなくなってしまった。

十五年は、恋を愛に変えるには充分な年月だった。

そして、十五年もあれば分別もついて、恋だの愛だのだけでは生きていけぬことを知り、世の中にはひそやかな懸想すら許されぬ立場というものがあるのだと理解した。

だからシダは、なにも望まない。ウェイシからなにかを与えてもらおうなどとは思わない。与えられても、受け取ってはならない。ただただ自分から差し出すだけの生き物でいい。

それだけで、……いい。

*

セン国の首府は、堅牢《けんろう》な城壁に守られた小高い丘の上にある。

四方をぐるりと森林地帯に囲まれた城下街は、新市街地と旧市街地と貧民街に大別される。

新市街地は碁盤の目に区切られ、主要な通りが敷かれており、旧市街地は斜交《はすか》いや放射線状に小路が入り組み、枝分かれした細道が縦横無尽に走る。

新旧の市街地には、官公庁の集まる区画、官吏の居住区、軍の施設と宿舎、病院などの公共福祉施設が、そこからまたひとつ城門を潜ると住宅街、繁華街、歓楽街、下町が広がっている。

シダは、下町の外れ、貧民街にいた。

ここら一帯は、戦争難民、不法入国者、犯罪者が多く隠れ潜み、安宿や非公式の売春組織、闇市などが軒先を連ねている。

今夜の抜き打ち調査は、貧民窟にある廃屋だ。無数に存在するそれらを、人海戦術で一網打尽にする。シダの率いる西廠と、ウトパラの率いる東廠の合同調査だ。

「…………」

下腹が重い。シダは、無意識のうちに腹を撫でさすっていた手をきつく握りしめた。

背後に立つアクイラに気取られぬよう細く肩で息を吐き、熱っぽく潤んだ眼差しで夜の貧民窟を見据える。

まだ、胎にウェイシの種がたっぷりと入っている。存在感があって、仕事の邪魔になるようでいて、ならない。胎に居座っているのが愛しい男の種なのだと思うと、夜風の吹きつける屋外にいても、心なしか温かく感じる。

「おい、西廠の淫売、……大丈夫なんだろうな？」

部下を従えたウトパラが、横目でシダを睨んだ。

捕り物を開始する時刻まであともう少し。定刻を伝える鐘を待つ間、ウトパラは毛皮の上着に首まで埋もれて「ぅう寒い」と部下の服のなかに手を入れて暖を取っている。

「問題ない。いつも通りだが……なんだ、その目は？　あと淫売はやめてくれ」

廃屋を俯瞰《ふかん》する位置から周囲を見渡し、シダは答えた。

「お前、今日、もし身の危険を感じたら、いつもみたいに突っ走って矢面に立つなよ。すぐに後ろへ下がれ。お前んとこにはアクイラっていう便利な肉の盾があるんだから」

「おかしなことを言うんだな。いつもなら、うちに、先陣を切れ、死ぬなら先に死ね、お前たちが死んだ後に我々が手柄を総取りしてやる、心置きなく殉職しろと言うくせに」

シダは、隣で肩を並べるウトパラを見やる。

ウトパラは、いつもそうなのだ。こうしてシダたちに発破をかける。異民族集団であるシダたち西廠の人間が、正しく手柄を立てることを望み、その為の力添えをしてくれる。

同時に、武闘派や知恵者の宦官集団で構成される東廠のウトパラたちもまた自分たちが半人半物として扱われるせいか、こういった場面で功績を残し、名をあげようと躍起になる。

まぁ、つまりは、互いに認められたいし、互いを認め合っているのだ。

だからこそ、互いを鼓舞する為に口の悪いことを言うのがウトパラというひねくれた人物なのだが、今日は、えらく殊勝な物言いでシダを気遣った。

「だってお前はもう西廠のヒト喰いじゃなくて、陛下の妾だ」

シダの下腹をちらりと見やり、「今日は殊更に顔色が悪い。ずっと腹に手を当てているのも目立つ……言っとくけど心配してんじゃねぇからな」と不機嫌そうに舌打ちした。

「すまない。気をつける」

シダは、また知らず知らずのうちに腹を押さえていた手を体側に移動させた。

「……ま、そういうわけだから、アクイラ殿、おたくのお嬢ちゃん、しっかり見とけよ」

アクイラにそう言いつけ、腰に佩《は》いた刀を鳴らし、ウトパラは踵を返した。

まもなく定刻だ。

部下を指揮する為、ウトパラは持ち場へ移動する。

「相も変わらず……気遣いの下手で、ちっとも笑わん御仁ですな」

水辺に揺蕩う朝露に濡れた青蓮華。そう謳《うた》われる東廠の佳人は、シダに輪をかけて笑わない。

シダの場合は、傍にウェイシがいれば頬をゆるませるが、ウトパラが笑うのは他人を揶揄《やゆ》する時に薄い唇を吊り上げる程度だ。言葉遣いも悪く、宦官とは思えぬほど立ち居振る舞いも粗野。

それでも、情報戦をさせれば右に出る者はいない東廠提督、武闘派宦官の筆頭というだけのことはあって、他人の変化にはよく気がつく。

「アクイラ殿、自分の体調に変化はないつもりです。過分な気遣いは無用です。……しかしながら、自分にいつもと違う様子があれば、補佐をお願いします」

シダはそう頼んで、方々《ほうぼう》に潜む部下たちの様子を窺いつつ、鐘が鳴るのを待った。

それから、いくらも待たぬうちに、作戦行動開始の時刻となった。

基本的に、東廠と西廠は静かに行動する。警察でも軍隊でもないから、敵を威嚇や威圧する為に喇叭《らっぱ》や警笛を吹いたり、軍靴を打ち鳴らしはしない。

生命の危機に関わる事態や要支援の時にのみ呼子を鳴らす。

特に、西廠というのは異民族のみで構成された部隊だ。

雪獅族以外の様々な種族で成立していて、各自がなんらかの特殊技能を持ち合わせている。

全員がそういった出自のせいか、はたまた、命を預ける日々を長く共にするせいか、団結力も高く、経験を積み重ねた彼らは互いの能力を把握し、臨場においては自由に動く。

今日の獲物は、血狼族。南に住まう血色の狼だ。

先日、捕縛したシュエ族の男を泳がせた結果だ。

今夜、その男が手引きして、血狼族をこの国に侵入させるらしい。軍隊規模の侵攻ではなく、民間人を装った者たちを陸路で侵入させるようだ。

その目的は、様々なことが想定される。もしかしたら、局地戦を仕掛けてきたり、特定の人物や権力者に目標を絞って行動を起こすつもりかもしれない。

目立つ行動は控えているが、ウェイシの命令で市中には首都鎮護隊も待機しているし、火付けや毒を流すといったことにも対応できるよう、主要な建物と水路にも警備の眼を厳しくした。

「シダ殿、こちらは片づきました」

刀の血を払ったアクイラが、シダに声をかけた。

「…………」

シダは、最後の最後、貧民窟の地下水路まで逃げた男を地上に引きずり出した。

頭のてっぺんあたりの髪をシダに掴まれ、地面を引きずられる男の体は、獰猛な野獣に喰い千切られたように骨が剥き出しになり、生肉が毀《こぼ》れている。

「シダ殿？　どうかしましたか？」

返事のないシダに歩み寄り、アクイラは次の一歩を踏み出さず、距離をとった。

シダは、ぶっ、と口から肉片を吐き出し、アクイラの肩越しにあばらやの屋根を見上げる。

右手の死骸をその場に打ち捨て、長い足をめいっぱい伸ばして走り、外壁に沿って重ねられた木箱や窓のとっかかりに足をかけて屋根まで登ると、獣のように身を低く構え、不安定な足場を駆け抜け、跳ねて、隠れ潜んでいた狼《おおかみ》の喉笛に喰らいついた。

シダは、ヒト喰いと雪獅子族の混血。その本性は、誰にも見せたことがない。

それを知っているのはこの国の王だけだ。いま、その本性こそ現していないが、こうして狼を嬲《なぶ》る姿はなんとなしにそれを彷彿《ほうふつ》とさせる。

噛む力だけで狼を横倒しにして、屋根から引きずり下ろし、がぶっ、がふっ、と牙の食い込む位置を調整して、息の根を止める。

逆立っていた狼の毛がぺしゃんと寝ると、死んだ証拠だ。

シダは、ぎょろりと大きな目でそれを確認して、ずぞっ……と血を啜る。

「きったねぇ喰い方だな」

一足先に持ち場を片づけたウトパラが合流した。

「ウトパラ殿」

アクイラは、すこし目線を下げてウトパラを見やる。

互いに、多少の向こう傷を負い、返り血で黒く染まっていた。

「うちの持ち場はハズレだ。おたくの持ち場はどんな塩梅《あんばい》だ？」

「いま、シダ殿が最後の一匹を仕留めたのだが……」

「いかにもヒト喰いだな。戦時以来じゃねぇか、あぁいう西廠提督殿……いや、あれよりひどいか。あれじゃ、本能剥き出しの獣だ。……発情期も最盛期になると見れたもんじゃねぇな」

「これまで薬で管理されていた衝動が自由を得た反動だ。陛下の管理下にあるとはいえ、傍近くに陛下がいらっしゃらなければ、シダ殿の理性の箍《たが》は簡単に外れてしまうんだろうよ」

「冷静に分析してないで止めろよ。……おいシダ、シダ……そろそろやめろ！　そんな汚く喰い散らかしてたら、お里が知れるぞ！　聞いてんのかこの悪食‼」

「…………」

シダは、息絶えた狼の腹を開き、毛皮に隠れた肉を食む。

新鮮な生肉は血液もまだ温かく、肉はやわらかく、臭みもない。肋骨を割って顔面を潜りこませ、がぶりと噛みつけば濃厚な獣液が滴り、舌の上で臓物を潰せば旨味が広がる。

「……あれはいかんな、……シダ殿！」

「やめろ！　シダ！」

「…………、っ……！」

二人がかりで死体から引き剥がされた。

シダは口周りを血まみれにして、ぱちっ、ぱちっ、と何度か瞬《まばた》きする。

ウトパラに、「ガキでももっとマシな盛り方するぞ」と後ろ頭を叩かれて、シダはようやく我を取り戻すと、腹から湯気の立つ狼とアクイラとウトパラを順番に見やった。

「すみません……あの、すみません……どうも、すみません……取り乱しました……」

「シダ殿、大丈夫ですか？　ご自分の意識はしっかりとありますか？」

「はい、大丈夫です。ちゃんとしっかりしています。いや……でも、すみません……地下水路から上がったところまでは覚えているんですが、さっきはちょっと、曖昧です……」

鐘が鳴ると同時に作戦を開始して、ものの半刻も経たないうちに血狼族の炙《あぶ》り出しに成功し、地下水路へ追い詰めて、そこで溺れさせて数を減らし、いくらかは生け捕りにしてから掃討作戦と追跡へと移行し……。

その時には、いつもより調子が良いくらいで、体も軽くて、夜目もよく利いて、鼻もよく働いて、頭で考えずとも本能に従って動けばいつもより迅速に物事を処理できて、その波に乗るがままにして波に呑まれて、気づけばこうだ。

ウトパラとアクイラに片腕ずつ持たれて、「落ち着け、動くな」と気性の荒い動物に手綱をつけるように拘束されている。

「手間かけさすな、ヒト喰い」

「……ものすごく、腹が空《す》いて、血と肉を見たら我慢できなくて……腹が……」

「見境なくなるほど腹が空くってのも異常だ。色ボケか……、クソが」

ウトパラに説教を食らって、シダは初めて外へ目を向けた。

貧民窟には、シダとウトパラ双方の部下の他に、ここを根城にする大勢の貧民がいる。

そして、初めてヒト喰いを目の当たりにした彼らは、化け物を見る目でシダを見ていた。

こういう時、彼らの目は正直だ。

ヒト喰いは化け物。なんでも喰らう化け物。

……シダは、化け物。

「おい、貴様ら！　テメェらのお嬢が見せ物になる前に交通整理でもなんでもして野次馬を追い払え！　この愚図《ぐず》どもが！　よそよりイイ給料もらってんだからその分働け！」

ウトパラの怒声で、西と東の手隙の部下たちが機敏に動き始めた。

「アクイラ殿、もう大丈夫です。死骸の処分と貧民窟の清掃を開始してください。ここは任せます。……自分は、内府へ戻って捕獲した血狼族の尋問に当たります」

シダはアクイラに現場を任せ、努めて冷静に振る舞いながら、心中で己の醜態を罵った。

これが噂になったらどうする。もし、胎に子がいて、その子を産むことになったとして、その時に、今日のこの日の失態が世間に知れたらどうなる。

ウェイシにも、その子にも、悪い印象が付いてしまう。

いまはまだその心配はないが、こういう噂はいつまでも付き纏《まと》うし、ふとした瞬間に人々の記憶に蘇《よみがえ》るし、そうなった時には、人の口端に上り、尾ヒレがついて拡散される。

……やっぱり、俺はヒト喰いだ。

自分を制御することすらできない、化け物だ。

ウェイシ、アクイラ、ウトパラ。寛大な心の持ち主に囲まれて日々を生きているから忘れがちだけれど、自分は所詮、化け物なのだ。

雪獅族でも、高貴な血筋でも、由緒ある出自でも、なんでもない。

親の顔さえ分からぬヒト喰いでしかないのだ。

我を忘れた瞬間には畜生の腹にかぶりつき、臓物を啜るような、人の皮を被った獣なのだ。

こんな生き物が、誰かの親になるなんて間違いだ。

俺は、なんて甘いことを考えていたんだろう。

本当なら、あの人を好きになることさえ、おこがましいのに……。

＊

内府へ戻ると、血狼族への尋問が始まった。

夜明けまではシダとアクイラが担当し、日中はウトパラとその部下に交代する。

シダは、夜間に行った尋問の報告の為、朝議へ出席した。

朝議には、国政の主要な部署を担う長官たちがずらりと待ち構えていた。

「此度《こたび》のことは、血狼族が新たに戦争を仕掛けようとしている前兆では？」

「ルドヒラに潜りこませた密偵の話では、そういった様子はないとのことですが……」

東廠と西廠は、血狼族がセン国へ侵入する明確な理由を見つけられないことを咎《とが》められ、

「東と西がシュエ族の侵入を発見しなければ、今頃は陛下のお足元をあの狼どもが闊歩していたのだぞ」と、シダは東西の代表として言い返した。

結局、夕刻まで続いた会議は、「国境及び首府の警戒を強化し、血狼族のルドヒラ国と雪獅族のセン国の国境間で板挟みになっているルァクタ州シュエ族の動向を窺いつつ、ルドヒラと友誼《ゆうぎ》的関係にある第三国の協力を仰いで戦争回避の方向で尽力する」という結論に落ち着いた。

会議を終えたシダとウェイシは、それから遅い昼食を摂った。

「西廠へ戻らずに俺との食事を選んだのは、他に聞かせたくない話でもあるからか？」

あらかた食べ終えた頃、ウェイシは箸を置いた。

「最後に私が始末した狼ですが、アレは、血狼族とシュエ族の混血狼でした」

「それは厄介だな」

シュエ族の住むルァクタ州は、雪獅族の庇護下にありながら、自治権を持つ地域だ。

だが、血狼族は、ルァクタ州を血狼族の属州だと主張している。

シュエ族は山岳民族で、血統的には血狼族の遠縁に分類されるが、気持ち的には雪獅族と友好関係を築きたいと雪獅族に申し出ていて、事実、雪獅族の支援を受けて独立を目指している。

だが、その裏では、血の繋がりが濃い血狼族からも支援を受けているという噂もあった。

シュエ族は、雪獅族と血狼族という二大勢力に挟まれた弱者だ。弱者ではあるが、その地の利を活かして、両国から援助を受けるというおいしいとこどりをしている。

そのシュエ族と血狼族の混血が、わざわざセン国に不法入国したとなれば、それはつまりそういうことだろう。

「進行中の別件と関連していると考えるのが妥当だな。……時期尚早だ、シダ、焦るなよ」

「はい。ですが、まだ目的がはっきりとしません。そのあたりをこれから突き詰めます。いま、ウトパラ殿がご自慢の粘着質な責めで尋問しているところですから、今夜中には何らかの成果を期待できるはずです。あなたはこれまで以上に身の回りに配慮してください」

「分かった。……シダ、お前、腹が痛いのか？」

「……は、いえ、そんなことはありませんが……」

シダは、また無意識のうちに腹に添えていた手を離す。

「じゃあ、腕だ」

「は、確かに腕は負傷しました」

「そんな報告は受けていない」

「かすり傷ですので……」

あの狼を仕留める時、狼はなけなしの力を振り絞って抵抗してきた。

その時、シダは咄嗟に己の左手で腹を庇《かば》った。

そうだ、思い出した。

あの時のシダは、なぜか自分の腹が狙われたことがひどく腹立たしくて、頭に血が上って、あっという間に我を失い、それで、あの狼を喰い殺した。

喰い殺したら、ひどく腹が空いていることを自覚して、止まらなくて……。

「……ウェイシ、もしかして怒っていますか？」

「付き合いの長いお前なら、俺が怒っているかいないかくらい分かるだろ？」

「分かります。ウェイシは怒っています。ですが、どうして怒っているのかは分かりません」

いつものウェイシなら、仕事で成果を上げたら褒めてくれる。

「お前が怪我をするのは二年ぶりだ」

シダが戸惑いを隠さずにいると、ウェイシがそう指摘した。

続けて、「大体にして、今回の公務はアクイラに陣頭指揮を執らせて、お前は下がっていろと命令したはずだ」とシダを叱った。

「申し訳ありません。先日の公務で部下のユォンが負傷して、その予後がよろしくなかったので、シダが代わりに入りました。報告が遅くなり申し訳ありません」

「お前、最近、俺の言うことを聞かなくなってきたな」

「…………そういうつもりはないのですが……」

「あぁ、違う、お前を俺の言うがままにさせたいんじゃない。ただ……その、なんていうかな、俺の考え方が変わっただけだ」

いままで、シダという存在は、ウェイシが育ててきた養い子で、たった一人の家族で、背中を預けられる戦友で、いつまでも守ってやらなくてはならない愛しい愛しい生き物だった。

けれども、それを嫁にするとなると、また話は変わってくるのだ。

嫁にするとなると、自分の腕の内側に囲って、守って、慈しんで、大事に大事にして、片時も目を離さないようにしなくては……という思いに駆られるのだ。

もちろん、それは束縛でしかなく、シダに不自由を強いることだと分かっているから、表だって主張しないが、こうして時々、その片鱗を隠し切れず、尻尾を出してしまう。

「お前に死なれたくないんだ」

「なぜ、今になって、そんなことを言うんですか」

戦争が始まって、シダが志願兵になると言った時でさえ、一度ひどく反対しただけだ。

それなのに、なぜ、通常業務の範疇《はんちゅう》のことで「死なれたくない」などと言うのだろう？

「言わなくても分かるだろ」

「はい。……まぁ、普通に考えて、死んでるよりは生きてるほうがいいと思います」

シダだって、ウェイシには死なれたくない。

「ここ最近のお前は、わざと危険に身を投じているような気がする」

ウェイシには、シダが仕事へ逃げることで己という存在を律しているように思える。

「それは否めません」

「そんなに俺と一緒になるのはいやか？」

「いやではありません。……たぶん嬉しいです。でも、それ以上に、どうしても……」

どうしても譲れない部分がある。

「……お前の、譲れない部分ってなんだ？」

「あなたを不幸にしないことです」

「お前が死んでしまったら、俺は独りになる。……それは俺の不幸じゃないのか？」

「返答に詰まります」

「詰まるな、反射で答えろ。俺の為だと自分に言い聞かせて、国益に忠実に生きて俺を独りにして死ぬことは、俺に抱かれて俺の子を産むよりも大事なことか」

「大事ではありません」

シダがそう答えれば、「俺を置いて先に死なないでくれ」と、思い詰めた様子で訴えてくる。

こんなふうにウェイシに悲しい顔をさせることが、果たしてシダの生きる意味だろうか。

いや、そんなはずはない……でも、だから、あぁそうだ、……名案を思いついた。

「……子供、作りましょう」

「…………シダ？」

「子供を作りましょう」

呆気《あっけ》にとられるウェイシに、シダは畳みかけた。

「……いきなりだな？」

「だって、あなたを独りにできない」

子供を作ろう。この人を独りにしない為に。

シダはこの職を辞すつもりはない。この仕事をしている限り老衰で死ねるとも思わない。できる限り長く生きてウェイシに仕えるつもりだが、明日、任務の最中に死なないとも言えない。

ウェイシを独り遺して死ねない。

ちゃんとウェイシの傍になにかを遺してあげたい。

ウェイシが、再びあの孤独に呑まれない為に……。

「……子供はそんなことを託されたら迷惑だと思うぞ」

「子供にはなにも託しません。でも、もし子供が生まれたら、あなたはその子に対して責任を果たそうとするでしょう？　そうしたら、独りで悲しんでいる暇なんてない。だから、子供を作りましょう。あなたを独りにしない為なら、俺はいくらでも産みます」

「なんでお前が死んでる前提なんだ！　なんで……っ、三人で暮らしてる設定がないんだ……」

「……想像ができないからです」

シダと、ウェイシと、その子供。三人で幸せな生活。

「俺を怒らせたくて、わざとそんなことを言っているのか？」

「……シダはあなたに喜んでいただきたい一心です」

ウェイシに叱られたり、こうして怖い顔をされると、シダはとても悲しくなる。ウェイシにそんな思いをさせてしまったのだと思うと、シダは己の浅はかさを申し訳なく思う。

でも、すぐに頭を切りかえた。

「いまは平和ですが、数年前まで戦争だったんです」

だから、油断したくない。

いつ何時でもこの人を守れるように、もう二度とあんな孤独を味わわせない為に、この人が傷つかない為に、シダが守る。

一度目の戦争の時はまだ出会ったばかりで、シダは子供で、なにもしてあげられなかった。

二度目の戦争が始まった時に、やっと一緒に戦えると喜んだ。

「だから、ヒト喰いの化け物は、あなたの子を産みます」

「急な心変わりだな」

「急に心変わりしました」

そうだ、早急に子供を作るべきだ。

二度も経験したあの凄惨な戦争を振り返ったいまこの瞬間、「早くこの人に子供を作ってやって、もっと地位を盤石にしてやらないと……」と考えが改まった。

ウェイシの種で生まれる子供だ。きっと、ヒト喰いよりも雪獅子の血が濃く出て、可愛いに違いない。おそらくは、見た目も、性質も、雪獅子に近くなるはずだ。

ウェイシの傍に、ウェイシに似た可愛い子供がいたなら、ウェイシはそれだけで生きる意味がひとつ増える。

そして、次の世代へと繋げられる。

また、あの時みたいに、独りで傷ついて、周りに誰もいないような状況にはさせたくない。

家族を作ってあげたい。

せめて、家族を遺してあげたい。帰って来る場所にあたたかいものを遺しておいてあげたい。おかえり、と笑顔で迎えてくれる人や、いつまでもずっと帰りを待っていてくれる人、戦っている時に「生きたい」と強く思える未練や縁、そういうものを作ってあげたい。

ウェイシを独りにしたくない。

「子供は産みます。けれども、条件があります」

「聞くだけ聞こう」

「俺の存在は隠してください。決して公にしないで」

「そうやって隠したいほど、俺の嫁になるのは後ろ暗いことなのか？」

「俺の存在が後ろ暗いんです。だから、隠します」

「そんな日陰の道を歩ませる為に、お前を傍に置いてるんじゃない」

「でも、それが俺にできる最善なんです。……頼みますから、これ以上、苦しめないで……」

結婚はできないんです。嫁にもなれないんです。

あなたと恋をして、あなたに愛を差し出すつもりなど毛頭ないのです。

俺が勝手にあなたに恋をして、俺が勝手にあなたを愛し続けるだけなんです。

あなたは、きちんと素敵な人と巡り合って、恋をして、愛を育んで、愛を尽くすべき相手を見つけて……ちゃんと、立派に、その人と添い遂げて……。

「俺は……子供だけなら、遺せますから」

「まるで、俺の為に死ぬような口ぶりだ」

「いっそのこと、あなたの為に死にたい」

あなたに愛されたくはないのです。

家族としての愛で、もうそれだけで充分なほどの愛をあなたから頂戴しました。

臣下としても、この上なく重用していただき、愛していただきました。

この上、子供を作るのに愛まで交わしてどうします。

「……誰も、そんなこと望んでいない」

「誰かになにか言われたか？」

「…………いえ」

でも、分かっていることだ。

だって、大臣たちはこう言っていたじゃないか。

嫁にするのではなく、子を得る為にシダをあてがう……、と。

だからつまり、シダは、嫁になることを求められてはいないのだ。優しいウェイシだけが、まっとうな手順を踏んでくれて、シダの人格を尊重して、それを望んでくれているだけなのだ。

そして、シダはそれに応えられないのだから、ただただ、この胎を使って子を残せばいい。

「お前もそれを望んでいるのか」

「はい。……あなたが子を産めと言うなら、この体で産める限り産み増やします。……けれども、あなたと恋だの愛だのだけは……勘弁してください」

ヒト喰いが王と愛し合ってはいけない。嫁になぞ、なってはいけない。

それは、求められていない。それは、あなたの為にならない。

俺がしてあげられるのは、あなたの望む子を産むことだけだ。

「子が産まれるまでに、よそから嫁をもらってください。……できるなら相思相愛が望ましいですが、あなたの場合は難しそうなので、政略結婚でも、形だけのものでもけっこうです。そして、俺が子を産んだら、二人の子として育ててください」

「お前はどうする？」

「俺は国を出ます。勿論、あなたの嫁になれなどと執拗《しつよう》に仰るならば、なおのこと国を出ます」

あなたを独りにはしない。子供は置いていく。

シダが独りで育てるよりも、この国で大切に育てられたほうが幸せだ。

「……俺の条件は以上です。ご承諾いただけますね、ウェイシ。……ウェイシ？」

無言のウェイシが席を立ち、シダの席まで歩み寄る。

青い目を眇《すが》めて、シダを睥睨《へいげい》する。

主君が立っているのに臣下が座ったままであるのもおかしいとシダも席を立つ。

すると、ウェイシはいきなりシダを抱き上げた。

いつもは両腕でお姫様だっこなのに、今日は片手で担がれた。

肩に土嚢《どのう》担ぎされて、シダは狼狽える。雪獅族よりは劣るとはいえ、シダは一般的な人間のオスよりは恵体で、背も高く、筋肉もあるのだ。当然のこと、宦官や女子供より体重もある。

そのシダが、腕一本で尻を抱えられて、軽々と持ち上げられた。

「嘘だろ……そんな簡単に持たないでくださいよ。……いつも両腕で持ってたじゃないですか」

「そりゃ片手で持つより安定するし、お前のことを落とす確率も下がるからな」

「なんで今日に限って」

「お前がそういう態度だから」

立場を分からせてやろう。いまの扱いに不服を唱えるなら、今日からお前は籠《かご》の鳥だ。鎖に繋いで、俺の手から餌を啄んで、昼も夜もなく俺に抱かれて、俺の為だけに甘く鳴いて、俺の種で腹を膨らませて、俺の子を産み増やして乳を与える為だけに生きる鳥にしてやる。

「暴れなくていいのか？　自由は今日限りだぞ」

「……暴れたら、子供は作れませんから」

「暴れてくれるのも可愛いけど、大事なお前を落としたくないから、暴れないでくれ」

「そんな、まるで大事にしてるみたいな……」

「大事にしてるに決まってるだろうが」

「それなら、ひょいひょいぽんぽん持ち上げないでください。……ほら、そうやって、ずり落ちた俺を簡単に肩に担ぎ直すのもやめてください。同じ男として情けなくなります」

「お前、俺と同じオスのつもりだったのか？」

「……？」

「こんなケツして、股開いて、女みたいな感じ方して……この体格差で？」

「……っひ、ぁ！」

「あぁ、イイ声が出るようになったな」

この人喰いは、尻を揉んだだけで、尻の奥を犯した時と同じ声調で鳴く。

「……う、うそだ……うそです、いまのは違いますっ、……その手つきやめてくださいっ」

服の上から臀部の隙間を親指で撫で擦られ、大きな掌で太腿と尻の付け根あたりからぐっと尻肉を持ち上げられ、いまからこの尻を犯すぞと教えられる。

「ウェイシ、いけません。……俺はこの後、仕事が……ルドヒラの狼が……っ」

「お前の職分以上に俺が働いてやる。……俺の子を産むと言ったのはお前だ。己の言葉に責任を持て。俺は、お前を孕ませる責任を持ってやる」

ウェイシは、「さぁ、母親になる覚悟をしろ」とシダの尻を叩いた。

「……っ」

ウェイシのそのオス臭い言動に、シダはきゅうと下腹が切なく疼くのを感じた。

たぶん、きっと、このオスは、シダの出した条件などすべて反故《ほご》にするだろう。

だが、いざとなれば、産んだ後に姿を晦《くら》ませばいい。

「シダ、お前、繋がれるなら、鎖は太くて重いほうがいいか？　それとも、細いので何重にも巻かれたいか？」

シダの脳内を見透かして、ウェイシが笑った。

付き合いの長いシダは、あぁ、これは本気だと喉を鳴らした。

＊

ウェイシは、己の寝室ではなく、何代か前の王が浮気性の貴妃を監禁する為に使っていた部屋へシダを連れこんだ。それでシダは、これはかなり怒らせたな……と冷静に判断した。

「手を出せ」

ウェイシに言われてシダが両手を差し出すと、そこに手枷《てかせ》を嵌められる。

どろりと重い鎖だ。一時間や二時間くらいなら平然と刀を振り回すシダが腕を持ち上げるのも一苦労するような鎖。その鎖は、どこへ繋がっているのか見当もつかないほど長く、寝台の下では、まるで蛇がとぐろを巻くように重なっていた。

所々、絨毯敷きの石床が削れて欠けているところを見ると、鎖の何ヶ所か、もしかしたら、何十ヶ所かに鉄の重石《おもし》でも括りつけてあるのだろう。

こんなものに繋がれたら、どれだけ鎖が長くとも寝台から降りることさえ難儀だ。一体全体、どんな浮気をしたらこれを使われるのか……。シダは、過去の貴妃の所業に思いを馳《は》せた。

「右足と左足、どちらがいい？」

ウェイシに尋ねられ、シダが己の右足首を差し出すと、そこにも足枷が嵌められた。

薄暗い室内は、雪獅族の好きなものがなにもない。室内観賞用の水路も、月明かりの差しこむ漏窓も、緑の豊かな庭園も、日々の生活を潤すものは徹底的に排除されている。

あるのは、事に及ぶ為の寝台と、折檻《せっかん》の道具だけだ。

「いい子だな」

従順なシダを、ウェイシが誉める。

「……種を付けてもらう為です」

シダなりに頑張って割り切ったつもりなのだと、努めて愛想のない声で答えた。

服を脱がされても、自ら進んで股を開く。重い鎖に繋がれて、動きがひどく鈍《にぶ》い。

淡々と事を進めようとするのに、ウェイシがそれを許さない。

「……っ、ぅく」

右の胸に、ウェイシの手が添えられる。下から上へ、まるで女の乳を持ち上げるように優しく、それでいて親指の腹にいくらかの力を籠めて薄いそれを揉む。肋骨と、そこに巻いた筋肉ごと胸の中心に寄せられて、ちょうど、親指が心臓のあたりに触れた。

「ん、ぅ、ぅう」

かり、がり。寝かせた爪先で乳首を削られる。指の背で乳輪を撫ぜ、乳首の付け根を抉り出すように爪を立てられる。最初はずきんと表面が痛み、徐々に爪先の力を抜かれると、痛みが薄れ、指がすっかり離れる頃には、芯の部分に疼痛《とうつう》だけが残る。

二度目、三度目は、くすぐるように優しく、こそばゆい。それは、痛いよりもずっと居た堪れない。痛い時はじっと見ていられたその愛撫も、優しくされた途端、目を逸らしてしまう。

「見なさい」

「……ぃ、たいのに、……して、ください」

「なぜ、俺がお前を罰してやらないといけない」

「ぅ、ン、ぁ、あっ」

乳輪の外側から肉を寄せられ、思い切り引っ張られる。

前のめりに体が傾いで、ウェイシの胸に倒れこむ。

「胸を反らして、まっすぐ座れ」

「……はっ、ぃ」

右足だけがすこし横に崩れた正座をして、腰を反らせて胸だけをウェイシに差し出す。肩が抜けそうなほど重い両腕を太腿の間に置き、それこそ胸を括り出すような格好を保つ。太腿に乗った鉄鎖のせいか、下半身も自由がきかない。

右側ばっかり、責められる。ぎりぎり、じりじり、いじめられる。時々、優しく舐められる。表面が濡れると、じんと痺《しび》れる。あまり弄られたことのないそこは、薄皮が剥けて、真っ赤に腫れるのもあっという間だった。

「っ、ぅ、……っん、んぅ、っン」

変な声が出る。気持ちいいとか、痛いとか、気持ち悪いとか、そういうので出る声ではなく、息をするように漏れてしまう。唾液に濡れたそこが乾くとむず痒《がゆ》くて、もっと爪先で掻いて欲しくて、そうしてもらえると腰から力が抜けて、甘え声が鼻から抜ける。

「姿勢」

「ごめ、っぁ……さ、っ」

背が丸まって逃げ腰になると、注意される。

ウェイシの言うことを聞けたら、乳首の真ん中のへこんでいるところに爪を立ててもらえる。

胸のなかに埋もれるくらい押し潰されて、ぷくりと勃ち上がって戻ってくると、ぐっと引っ張り出されて、胸が歪に伸びるくらいきつく伸ばされて、大きな手で揉まれる。

「シダ、触るな」

「……っ、は……ぁ、あ……」

辛抱できずに、股の間に置いた両手で自身の陰茎を慰めていた。

竿を上下に扱くとウェイシに見つかってしまうから、両手で掴んだその裏筋を鎖の角にぎゅうぎゅう押しつけ、一度はやめたフリをして、ウェイシに隠れてまたそこを弄る。

「……シダ」

「っ、あぅ、……あ、……っご、め、……な、ぁ、っひ……」

自分で思っているよりも、ひどくだらしない声が出た。

手を止めなくちゃいけないのに、止められない。

自分の手なのに、言うことを聞いてくれない。

ぐちぐち、ぐちゅぐちゅ。この馬鹿な手は、ウェイシにバレたからもう隠す必要もないとでも思っているのか、輪っかにした指で雁首をぎゅうと括り出し、手の位置を固定したまま腰を揺すり、余った皮ごと、ぬちぬちと動かす。

「ぅえ、い、し……っ、ぇ、ぅ、えあ、あっ」

片方だけ大きく腫れて、形の変わった乳首を齧られる。

胸は痛いのに、大きく膨らんだ陰茎は気持ち良くて、どっちがどっちか分からなくなって、両方が繋がったみたいになって、ふとした瞬間に、陰茎よりも胸のほうがずくんと疼いて、頭が真っ白になる瞬間がある。それは、後ろにウェイシを受け入れて、奥の行き止まりをこつんと打たれて、下腹が切なくなる時の感覚と同じだ。

あの感覚は、射精と違って、長引く。

あれになると、ぜんぶ終わった後の朝まで、時には翌日にまで響く。

体が重怠くて、いつまでもずっと尾を引いて、それでいて、ウェイシに髪を撫でられるだけで感じて、吐息が触れるだけでびくびくと下腹が跳ねる。

それと同じ感覚が、いま、この女らしさもメス臭さもない平坦な胸で起こる。

「ゃ、だ……いやだ、それ……いや、ウェイシ、いやだ……ゆるして」

あのきもちいいのは、こわい。頭がおかしくなる。ばかになる。

ちゃんと、普通の、仕事ができるシダじゃなくなる。めちゃくちゃになる。

「ウェイシ……うぇ、いしぃ……っひ、っ……ぉあっ、あ……っ」

「あーぁあ、すっかり女の子になっちゃったなぁ」

「っ……ぃや、いやっ……だ……ゆるして、はら、きもちいの、おわんないぃ……なん、で、むり、こわい……たすけてっ……うぇい、ひっ……、ぃ」

「ほんと、お前はなにをさせても覚えがいいな。前も後ろもぐちゃぐちゃだ」

「うぇ、い、し……ぃきた、ぃ、っいき、だ、いですっ……ゆるしてっ……も、出したいっ」

「誰も出すのを禁止していない。お前が勝手に我慢してるんだ」

「だ、って……そのほ、が……うぇいし、ょ、ろこぶ……っ」

「オスを喜ばせることを考え始めたら、お前ももう一端《いっぱし》のメスだな」

その調子で俺を喜ばせろ。ウェイシはシダから手を離す。

シダはその手を追いかけてウェイシの懐に凭れかかり、重い足を引きずって膝に乗り上げた。両腕を下げたまま、胸と胸だけをぴたりとくっつけて、尻の狭間にウェイシの一物を挟む。じゃらりと鎖を引いて、自分で尻穴を開く。括約筋のふちに陰茎の先端を引っかけようと試みるが、男慣れしていない穴はまだ慎みを覚えていて、頑なだ。

ウェイシはシダが自発的にオスを呑みこむことを望んでいるようで、後ろを解すのを手伝ってくれず、執拗に胸を噛み、肌を吸い、シダの首筋に鼻先を寄せ、シダを味わう。交わりもせず、肌を寄せることだけで、ゆるゆるとこの時間を楽しんでいる。

ウェイシの肩口に額を預けたシダは、はっ、はっ……と吸ってばかりの呼吸で、焦りを隠すこともできない。

早くウェイシを喜ばせたいその一心で、ゆるく勃起した一物に手指を添え、それを指針に、もう片方の手で物欲しげにひくつく肉を限界まで引っ張ると、勢い任せに腰を落とし、強引にめりこませた。

ウェイシはなにも言わない。たぶん、まだ怒っていることを態度で示して、シダを叱っているのだ。だから、シダは、ウェイシを怒らせた罰を自分に与えた。

「え……ンぁ、ざぃ……ごめん、なさ……ぃ……、っん、ぅ……ぐ……っン、ん……」

ウェイシに教えられたように、尻を開く。

仰臥《ぎょうが》した状態で優しくウェイシに抱かれるのと、ウェイシの膝の上で自分からオスに跨《また》がるのとでは、随分と勝手が違った。腹への力の入れようにも工夫が必要で、角度を調整しながら骨盤を後傾させる。

先端を含んだだけのそこが異物を排出する為の動きをした瞬間、シダは、自分で括約筋周りの肉を掴んで割り広げ、ひと思いに捩じこんだ。

角度さえ合えば、ウェイシしか知らないシダのメスの部分は、割合、簡単にハマる。

オスの陰茎はメスの肉を内側へ巻き込み、ぐぶりと潜りこんでぴたりと収まった。

痛みと圧迫感のせいか、股関節がぎゅっと閉じそうになるが、ウェイシの胴体に阻まれて、内腿をぶるぶると痙攣《けいれん》させるだけに終わる。意識的に足を開いてみるけれど、まだ内腿に余計な力が入っていて、ウェイシの体側をきつく締めつけてしまう。

「いやがってたわりに、慣れたもんじゃないか……ほら、褒美だ」

ウェイシは、シダの頬を伝う汗を舐め啜り、耳朶に歯を立て、耳孔の奥へ舌を忍ばせ、熱い掌でシダの背骨を撫で上げる。

「ぉ、あ……ぁー……」

腰骨と背骨の継《つ》ぎ目にあるくびれを指の腹で押されると、先走りが溢れる。尻の上の窪《くぼ》みを刺激されれば、ぞわぞわと這い上がってくるものがあって、前を触ってもいないのに、ずっと絶頂を迎えているような感覚が続く。

シダは、ウェイシのその手の心地良さに溺れながら、深く腰を落とした。

「も、うしわけ……あり、ま、せ……っ……」

敬愛すべき王に劣情をもよおしてしまい、申し訳ありません。

お守りすべき陛下の膝に乗り、このように浅ましい姿をさらして申し訳ありません。

お慕いして、懸想して、こんなにもはしたない姿をお見せして、自分勝手な欲であるじのお召し物を汚して、あるじの一物を使って自慰の真似事をしてしまい、申し訳ありません。

そうして謝っているのに、それでさえ感じ入ってしまい、申し訳ありません。

「……きもち、っ、ぃい、……」

こうして、自分から望んでする行為は、ひどい背徳感に苛《さいな》まれる。

ウェイシはシダを叱る為にここへ連れて来たというのに、シダはこうして叱られて、叱られる為の罰を自分で決めさせられて、そして、自分で自分を罰することさえ気持ちいい。

ずぶずぶずぶオスを呑みこんで、深く深く貫かれて、痛いはずなのに口角を持ち上げて、女を知らぬ己の陰茎からだらだらと垂れ流してしまう。

「……っあン……っぁ……っきもち、っ、ひ、っ、ぃい……ど、しょ……うぇい、しぃ、……ごめんな、さ、っひ……ぅしろ、……っ、きもち、ぃい……っ」

腰だけを上下に使う。

時々、奥まですっかり繋がって、ウェイシの股とシダの尻がぴたりとくっつく。

「……ぁー」

そしたら、腰を弓なりに撓《しな》らせ、喉を仰《の》け反らせて、喘ぐ。

深いところに、入ってる。尻のなかに背骨がもう一本通ったみたいで、固くて、熱くて、太い。こんな深いところまで繋がれて嬉しい。

自分の汚いところにウェイシが入ってる。シダが、シダの王を穢《けが》している。生きる意味を穢している。自分の欲得の為に王の一物を使って自慰にも似た交尾に耽り、強欲にも、貴重な子種を得ようとしている。

その罪深ささえ、嬉しくて、幸せで、愛しい。

「お前にはなにをさせても仕置きにならんな……」

ウェイシは呆れ気味に嘆息する。

その通りだ。シダは、ウェイシが溜め息をつく姿にさえ感じる。

ウェイシがシダの汗を舐めて、肌を撫でて、腸液まみれの肉筒に陰茎を収めて、心地良さげに吐息を漏らす様を目の当たりにすれば、それだけで感極まる。

「……ん、ふ……ふぁ、っ……っあ、ふ……うぇい、し、っ、……ディヤの、胎の居心地は、……どう、ですか……っ」

まだ気持ち良くないですか？　窮屈ですみません。すぐに柔らかくします。たくさん動きます。ですからどうか、この肉をお使いください。だからどうか、どうか、こんな尻の軽い、おつむのゆるい馬鹿なディヤを嫌いにならないで、怒らないで、捨てないで。

ディヤは、あなたに捧げられた生き物です。新鮮な生きた肉です。

胎のなかはぐにゅりとうねり、よくよく血も通って温かく、若く健康で、肉には弾力があって、あなたを包む為のメス穴を開き、いつまでもここにハメていたくなるような心地良さをお約束いたします。

私のここを、あなたのお気に入りにしてください。

私自身をお気に入りにしてくださらなくてけっこうです。単なる肉壷《つぼ》としてお使いいただければ、ディヤは、あなたにそうして扱われることを想像しただけで、あなたの一物の形を覚えて、この穴が崩れて、オス好きのするこなれた肉に仕上がります。ディヤは、あなた様に満足していただけるならば、それを想像しただけで尻が疼き、達してしまいます。

あなたに弄っていただいてこの胸が、きゅうきゅうと切なさを覚えるほどに。

「盛って、しま、……ぃ、……も、しぁけ、ぁぃ、ま、……せ、っン」

「…………」

「腰、とまんないっ、ウェイシのちんちん、どんどんおっきくなる……っん、んぅ、ん……っ、ふ……っふふ、反省、してなくて、ごめんなさい、ディヤ、いま、すごい、きもちいい、っ」

勢いをつけすぎて、括約筋のふちに、ぴっ、と裂け目が走る。

血の匂いに気づいたウェイシが、「調子に乗るな」とシダの尻たぶをつねった。

「もっと、叱って」

ディヤは悪い子だから、叱って。ウェイシに叱られるなんて滅多にないから嬉しい。

「ごめんなさいは？」

「っご、めんなさ、ぃ」

「本当に悪いと思って反省するまで、続けろ」

「……ご、ぇんあ、さ、いぃ……」

ウェイシが許してくれるまで謝る。謝ると尻をつねってくれる。つねった後は撫でてくれる。その手つきは、子供をあやすみたいな、可愛い子を可愛がるみたいな、だだっ子に手を焼いているけど可愛くて仕方がないような、そんな優しい手つきで……。

シダは、自分が西廠の長《おさ》であることも、ずっと前に精通を迎えた男子であることも、二十一歳の立派な成人であることも、人前に出ればそれなりの立場であることも忘れて、ウェイシから与えられる折檻に、いっそう陰茎を固くする。

「っ、ぇん……ぁ、ざ、ひっ、ぃ」

気持ち良さも極まると、ぐずぐずと泣きが入る。尻は赤く腫れて、ところどころ内出血して、そのずきずきとした痛みが泣けてくるのに、オスを咥えた尻の気持ち良さと繋がってしまう。もう、なにをされても、気持ち良さに繋がってしまう。

「自己暗示の上手な子だな」

「ぁー……ぉ、ぉぁ……」

胸を触られても奇妙な違和感しかなかったはずなのに、いまは、ご褒美だ。

そこを齧られて、シダは、ばたっ、と左足を跳ねさせた。右足は鎖の下敷きになって、動かない。動かないのも、気持ちいい。ウェイシに四肢の自由を奪われて、生殺与奪の権を握られて、なにもかもこのオスの支配下に置かれて、胸のひとつを弄られただけで、切なくなる。

そうして、切なくなる自分にも発情する。

「ディヤ、はっ、つじょ……しました……ぅ、ぅう、しろ……ぉ、ぅごいて、いい、ですか、うぇい、しの、こだね、ほしい……っ、ほしいです、ほしい……ほしいっ」

呂律《ろれつ》が回らない。ほしい、ほしい、ほしい、と馬鹿のひとつ覚えみたいに叫ぶ。

ウェイシから与えてもらえるまで、「ください、ほしい、たねづけしてほしい、ディヤの穴、使ってほしい、使って、きもちいいから、すごく、すごくきもちいいから」と子供じみた誘い方をする。初めて出会った時に「たべて、おいしいから」と、この身を差し出したように。

たべて、とねだる。

「どう喰って欲しい？」

「ぜんぶ、のこさずたべて……」

ウェイシが、ぺろりと舌なめずりする。その大きな口から覗く赤い舌に、シダはきゅうと喉の奥を鳴らし、漏らしっぱなしの陰茎から、ぷちゅ、と濁った種汁を吐き出した。

ずっと射精しっぱなしのシダの陰茎を「お前のそれは壊れたのか？」とウェイシが嗤うから、「一生使わないから壊れていい」と答える。

その返答に気を良くして、ウェイシから動いてくれる。指の痕が残るほど強くシダの腰を掴み、鎖の重みなど物ともせず、肉をぐちゃぐちゃに捏ね回して、ぐずぐずの挽《ひ》き肉みたいにして、視界がぶれて定まらないほど激しく穿ち、それでいて長く深い打ちこみ、奥の奥、子宮の入り口に鈴口をぴとりと押しつけて揺さぶり、気の遠くなるほど奥まで犯してくれる。

シダは、「あっ、おっ、あっ」と嬌声《きょうせい》を弾ませ、ウェイシの膝上で跳ねた。自分の顔にまで精液を飛ばして、重い鎖の下敷きになった足の裏をぴんと攣《つ》らせて、絶え間ない絶頂感に意味もなく声を発し、訳も分からぬ快感からの逃げ場を探して鉄鎖に爪を立てる。

中に出される精液の量も、シダとは桁違い。腹がだぽんと鳴るほど種付けされて、その射精が終わる前からまた動きを再開される。隙間からぶじゅぶじゅと垂れ溢《こぼ》しながら、シダは、肉人形のようにウェイシの精の捌《は》け口《ぐち》にしてもらう。

これが、自分というオスと、ウェイシというオスの、圧倒的な差だ。

これが、強いオスの発情期の、正しい姿だ。

このオスにメス扱いされて、子袋を限界まで膨らまされて、発情した獣欲の発散の為に使われて、孕むことを求められて、嬉しい。

大好きなオスにこうされて、いやなことなどひとつもない。

なのに、なぜ、自分はあんなにも頑なにこのオスとの子作りを拒否していたのだろう。

オスの支配力に負けたシダは、そんなことを思ってしまう。

「きて……ウェイシ、もっと……もっ、っと……っ」

青い鬣を鷲掴み、唇に噛みつき、シダは自分から奥を開く。

ウェイシになら、なにをされても、それこそ、いま、こうして獣の交尾のように組み敷かれ、強く髪を掴まれ、がむしゃらに腰を打ちつけられ、乱暴に抱かれても、それが愛しいオスの本能なのだと思えば、幸せに感じられる。

それだけ強く求められているのだと思うと、馬鹿なシダはぜんぶ喜びに変換する。

絶対に逃がさない。そんな執着を見せつけられたようで、心臓が止まりそうだ。

だって、シダは自分から望んで、それこそ出会った日から、このオスに喰われても良いと思うほどの恋に落ちているのだ。こんなに幸せなことはない。

「あっ、あっ……んぉ、ぉっ、ぉあぁ」

シダはまるで女のように絶頂を迎えた。

　慣れない大きさを咥えた尻はひどく痛むのに、痛いのが気持ちいい。触れられた肌は快感を拾い上げ、びくびく、びくびく、いつまでも震える。下腹をうねらせて猫背になったり、海老《えび》反りになったり、体勢が安定しない。そういう時だけ、ウェイシは、シダの後ろ頭と腰を支えて、優しく寝具に横たわらせてくれる。

「……なか、勝手に動く、きもちいいとこ、あたってる……」

　恥ずかしがらずにいやらしい言葉で伝えると、ウェイシも興奮して交尾を続けてくれる。

　シダは、空っぽになった陰嚢からはなにも出さず、尻だけの快感でぎゅうぎゅうとオスを締めつけ、商売女にも似た動きをする自分にすら興奮を覚えた。

　気持ちいいのに苦しくって、息も上手にできなくて、すんすん泣いた。感じすぎて息も継げず、それでも必死にオスを逃がすまいと尻で頬張って、甘ったるい声で鳴いた。

「ウェイシ……うぇ、っひ……ぅ……ぅあ……ぁ、っ……」

　なんでか分からないけれど、泣けてきた。

　久しぶりに自分の弱いところをウェイシに見せてしまった。

　それは、股を開いて交尾するよりも、ずっと、恥ずかしかった。

　恥ずかしいのに、気持ち良かった。恥部をさらけ出して、なにもかもぜんぶ出して、それを受け入れられて、鼻水を啜りながら泣いて、いろんなものでぐしゃぐしゃの顔を舐め啜られて、きもちよかった。理性の箍がすっかり外れた。

気持ち良いことの限界を超えて、頭が処理できず、心が受け止めきれず、幸せなのか、こわいのか、それさえも分からなくなって、泣いた。

ウェイシは、「そろそろ終わってやらないといけない、シダが壊れる」と思うのに止められなくて、めくれあがった尻のふちを己の精液とシダの腸液で泡立つほど掻き回して、シダの体を組み敷き、獣の交尾そのものの恰好でメスを抱きこむ。

シダはそれにさえ喜んで、健気に腰を持ち上げ、尻を突き出す。

ウェイシは、その愛らしい姿に、余計に我を忘れてしまう。

シダは、譫言《うわごと》のように、「いちばん奥で種付けして」と懇願して、啜り泣いて、縋る。

そんなことを聞かされてしまったら、ウェイシは、それこそ発情期を迎えたばかりのガキみたいに、がっつくしかない。

交尾の永久機関だ。二人がどんな行動をとっても、互いを煽る材料にしかならない。

「うぇい、し、うぇ、いし……っ」

ウェイシの体のあちこちに牙を立てる。素面なら、「陛下の玉体を傷つけるなど……」と顔面蒼白《そうはく》になって自死を選ぶだろうが、もう、シダには理性なんてない。

薬も抜けて、ようやく、いま、雪獅子の本性が表に出始めた。生まれて初めてまともに己の発情期に直面して、ぐずぐずのどろどろに溺れた。溺れてもウェイシがすべて受け止めてくれるから、安心して溺れることができた。

ヒト喰い衝動も、徐々に前面に滲み出てきた。

オスとして射精しない代わりに尻で達し、女と同じイキ方をするから、欲の発散方法が乱れて終わりがない。自慰を知らぬ子供のようにウェイシを噛んで誤魔化し、己の項《うなじ》をさらしてオスに噛んでもらうことを望み、服従を示す。

「……ゃ、だ……ぬかないで、ウェイシ……やだ、なかにいて」

ずるりと抜け落ちるオスの感触に、シダは駄々を捏ねる。すると、前髪を掴まれ、まるで物のようにウェイシの眼前にまで引き寄せられ、噛みつくように唇を貪られる。

盛りのついたオスの眼に射抜かれて、シダは欲情しきった身と心でその唇を受け入れ、舌をしゃぶりながら、「犯してください」と懇願していた。

「ここを膨らませる練習だ」

「はい」

自分でも驚くほどうっとりとした、甘ったるいメス声。

雪獅子の原形に近いそれで嘔吐するほど犯され、種汁だけで腹を膨らまされ、「あぁ、自分はこのオスの子を孕むのだ」と、人生で一番刺激的な歓喜に、ぶるりと小便を漏らした。

【4】

子供を産むとシダが承諾して以来、ウェイシは遠慮がなくなった。

シダを同伴した状態で、内府の重鎮に向けて、「シダが我が子を産むことを承諾した」と明言し、他の誰もがこれまでにも増してシダに邪な感情を抱かぬよう牽制《けんせい》した。

大勢の前で、それこそまるで、自分の子を孕むメスを見せびらかした。これでは、ウェイシに抱かれていると皆に公言したようなもので、シダは顔から火の出る思いだったが、たぶん、これもウェイシを怒らせた仕置きのひとつなのだろうとシダは受け入れた。

逃げられないと諦めつつ、求められることが嬉しくて体を開いたのは事実。

一度は承諾したのだ、もう逃げるつもりはない。

この体はもう、ウェイシの子を産むことを受け入れてしまっている。

ただ、シダの感情はついていっていないと思う。どうしても整理のつかない感情もあって、けれども、ウェイシに抱かれる喜びを知ってしまったシダは、ウェイシが幸せなら自分の感情など後回しにしてしまい、それ以上先のことを考えられない。

それに、子供を産んだからといって家庭に収まる必要はないし、ウェイシの隣で皇后の御座に腰かける必要もないし、母胎として後宮に収まるつもりもない。

子を産んだとしても、また仕事には戻れる。

子育ては、乳母や宮女や宦官、これから嫁いでくるであろう皇后がするはずだ。

シダは仮腹だ。ウェイシを独りにしない為に、ウェイシの望みを叶える為に、この胎を使う。

ただ、シダは、己を律しなければならない。

嫁にすると言われても断り続けること。

母胎として相応の扱いをすると言われても西廠提督の身分だけで充分だと辞退すること。

それがシダに求められていることだ。

「……ディヤ、トヴァディーヤ、……お前、またこんな所で昼寝してるのか？　そんな赤ん坊みたいな寝顔を晒して……子供じゃないんだ、寝てる間に孕まされるぞ」

「…………」

籠の鳥から自由になったシダは、青空の下で昼寝をしていた。

ウェイシが覗きこむと、シダの目もとに濃い翳が落ちる。すこし呆れ気味の口調でウェイシがなにか話しているのは分かるけれど、その内容まではシダの頭に入ってこない。

シダは、「通常任務と血狼族関連の調査、それに加えてあなたの夜の相手で疲れてるんです、確かに、最近よく昼寝はしますが、いまは休憩中だから寝かせてください、今夜はアクイラ殿やウトパラ殿との打ち合わせが入っていて……」と口で説明しているつもりで、「んー……ぅ、んン……んー……」などと唸り、ごろりと寝返りを打つ。

そうしたら、すぐ傍でウェイシが笑ったみたいな、しょうがないなぁ……、と嘆息したみたいな息遣いが聞こえて、シダの隣にウェイシが寝転ぶ気配があった。

「ここで、お前と一緒に昼寝するのは久しぶりだな」

緑と木立に囲まれた庭園。左右対称に組まれた水路。青い花びらの散った芝生。

ウェイシのお気に入りの昼寝場所。シダが小さい頃は、二人仲良くここで午睡に微睡《まどろ》んだものだ。だが、いつの頃からか、シダが折に触れ、「立場が、身分が、出自が違います。節度を保ち、身の程を弁えます」と口にするようになってから、その習慣もなくなった。

その頃には部屋も分けるようになって、夜も一緒に眠らなくなって、食事も着替えも別々になって、会話も少なくなって、「まぁ、思春期だからなぁ……一人部屋がいいか……」と一抹のさみしさを覚えながらもシダの成長を喜び、ウェイシはシダの望む通りにした。

すこし距離感のある、血の繋がらない家族として、節度を保って接した。

「間違いだったかな……」

「…………んー……、っふ、ぁあ」

大人になってからは控えていたとはいえ、身に馴染んだ習慣というのは恐ろしいものだ。

背を向けていたシダが欠伸をしながらころりと寝返りを打ち、「あぁ、良いものを見つけた」とウェイシの懐に顔を埋めて、ウェイシの腹にぐいぐい乗っかり、ふぁふぁの毛並みにふかりと沈む。

よく知った心地良さには抗えない。シダは、ふにゃふにゃと頬をゆるめ、毛並みに逆らった頬ずりをして、ぴたりと落ち着く寝床の場所取りをする。

尻尾と後ろ脚を内腿に挟み、またぐらを刺激する材料にする。服の上からでも伝わってくる、ふかりとした感触は絶妙で、盛りのついたいまとなっては、眠っていても、「ん、っふ……っ、ん……っぁ」と悩ましげな声をあげてしまう。

きもちいい。ふかふかの毛皮も、股の間の尻尾も、この身に馴染む体温も、同じ速さの心臓の鼓動も、重なる息遣いも、なにもかもが、きもちいい。

とろりとろりと微睡に耽りながら腰を揺する。よだれが溢れて、毛皮に染みて、毛油がそれを弾く。頬に触れる冷たい感触から逃げて、大きな体の上を這いあがると、喉元に触れる。

「……んぁ、ぐ」

噛む。あぐあぐ、はぐはぐ、口のなかに短い毛が入っても、噛む。

前脚がシダの後ろ頭をよしよししてくれる。嬉しくってもっと噛むと、ウェイシがくすぐったげに身震いするから、舌の腹をぜんぶ使って顎下から口先までをべろりと舐め上げた。

見た目よりもかっちりと固い口吻《こうふん》と、すこし湿った鼻先が、舌に触れる。

ごろんとウェイシが寝返りを打って、シダが下敷きになる。でも、ちっとも重くない。

シダは太くて逞しい首に両腕を回し、長くすべらかな鬣に十指を埋めて掴む。

頬ずりをして、唇を探す。そうしたら、唇をくれる。

かぷりと噛むと、がぶりと頭のぜんぶを丸飲みされて、舌の腹を這わせるように頬をべろりと舐められる。

そんなことをしたら唇を合わせられない。シダが耳を引っ張ると、また唇が与えられる。

隙間なくぴったりくっついているのに、唇が触れるともっとくっついた気持ちになれる。

「っも、と……ぇ、いひ……っ、くち、もっと」

ウェイシは尻尾でびたんと地面を叩き、シダの唇に、ちょん、と触れてくれる。

シダはそれを追いかけて、下唇を噛んで引っ張り、頬肉を齧り、鼻先を甘噛みし、耳の付け根をかぷかぷして、ウェイシの顔を涎まみれにしてはまた唇を吸って、噛む。

「初めて発情期を迎えた頃みたいだな」

「……あー」

がぷ。おっきな口をあけて、がぷり。

ふかふかであったかいのに軽くて上等のお布団に守られて、がぶがぶ。

一生こうしてたい。一生、この腕のなかにいたい。もうなんかぜんぶどうでもいい。

立場とか、身分とか、「お前はヒト喰いで、陛下の本当の家族ではないのだから、身の程を知りなさい」と周りの大人にそれとなく耳打ちされたことなんか気にせずに、ずっと、一生、この人のことだけ考えて、この人の為だけに存在して、この人の喜ぶことだけをして、この人に求められて、抱かれて、子供を産んで、大切なものを守る為に戦って、幸せになりたい。

「………仕事に、ならない」

あぁ、だめだ……ウェイシと一緒にいると仕事にならない、自分がひどい馬鹿になる。

「お前、急に冷静になるな」

二人の唇の間を渡る唾液の糸を、ウェイシが長い舌で絡めとった。

「すみません、陛下を寝床にしてしまいました」

火照った体を悟られまいと、寝惚けた頭を左右に振り、シダは腰を引く。

そこでようやく、ウェイシがヒト型ではなく雪獅子の本性でシダの寝床になっていることに気づき、「あぁ、久しぶりだなぁ……」と、その毛皮を撫で梳いた。

屋外で雪色の姿をさらしたこのオスを見るのは、本当に久しぶりだ。

しかも、シダに腹を見せて、そこにシダを乗せてくれている。シダの尻に固く触れるものがあって、それが、つい先日までシダの胎を可愛がってくれていた一物だと分かる。

何度も尻に咥えて馴染んだオスの匂いがする。シダがそれから逃げようとすれば、ウェイシは大きな首をぐいともたげてシダの襟首を噛み、また腹の上へ乗せる。それも、さっきよりも股間に近い場所に、まるで仔猫を移動させる親猫みたいに、ぽん、と……。

「ですから、そうして荷物みたいに移動させないでください」

寝台へ運ぶ時も、体位を変える時も、こうしたちょっとした時も、ひょいひょいぽんぽん。

シダは仔猫じゃない。

「すまん、昔の癖だ」

小さな頃のシダは、ウェイシの太腿にしがみついて、ちっとも動かない子だった。けれども、ちょっと目を離した隙に、「うぇいひの、たてがみと、おなじ、おはな！」と花壇まで走って行ったり、「うぇいひと、おなじ、めのいろの、おみず！」と水路や湖に手を伸ばして落ちそうになったりするから、大慌てでウェイシはシダの襟首を掴んで自分の背や腹に乗せた。

そうして昔を懐かしむウェイシの瞳はことのほか穏やかで、シダは、「自分はなんて幸せ者なんだろう、小さな頃から、この人のこんなに優しい目に見守られてきたのだ」と感極まってきゅうと胸が詰まり、おなかがあったかくなって、浅ましいことに下腹をひどく重くさせた。

「……………お前、思い出話で盛るのか……？」

「ち、がいます……っ、なんか、最近ちょっと、変なだけですっ」

ウェイシにも丸分かりなほど、発情していた。

最近、だめだ。ウェイシと一緒にいると、なんでもかんでも気持ちいいことに変換してしまい、下腹を切なくさせてしまう。清らかな思い出に耽るウェイシの眼差しや、思い出を語るウェイシの唇、日常の一部だったはずの横顔にさえ見惚れて……孕みたいと思ってしまう。

「あなたが、いやらしいのがいけないんです、っ……勝手に……この胎、が……孕みたくなって、切なくなって……あなたが欲しくて……ちがっ、う、違います、そうじゃなくて……」

孕みたい。頭のなかがそれ一色になる。

「ディヤ?」

「それっ……その、呼び方……っ、その目、その声……だめです、いま、触んないで……っ」

「……ははっ、ひっどいツラしてるな。ほら、お前の欲情した顔、見せてみろ」

「だめです、っ……だめ、うぇいし、だっ……っん、ぅ……!」

びゅくっ。射精した。

触られるどころか、言葉でいやらしく責め立てられたわけでもないのに、ただ、目の前に好きなオスがいるだけで、射精した。

服のなかで下着や軍袴に染みて、色も変わり、ずしりと重い。上衣が長いからウェイシには見えていないはずだけれど、これだけびくびく腰を跳ねさせていたら一目瞭然だ。

「ひっ、ぅ……っん、っ……ひぅ」

収まらない。きもちいいのが、ずっと続く。

ぬちぬち、にちにち、下着のなかでぬめる感触。驚いた様子でシダを見つめるウェイシの視線。ぜんぶに感じ入って、「ごめんなさぃ、っ」と謝りながら、主君の腹で自慰をする。

止まらないし、止められない。やめなくては……と思う気持ちはあるのに、気持ち良くてやめられない。がぷりと自分の指を噛み、手の甲に歯を立て、自分で自分の陰茎を掴んで身の竦《すく》む思いをしながらやめようとするけれど、頭のなかはぐちゃぐちゃ。

孕みたい、孕みたい、孕みたい。

オスにその気になって欲しい、いっぱいメスの匂いをさせて誘いたい。

それだけに脳味噌が占領されて、思考そのものがやらしくなって、馬鹿みたいにオスの上で腰を振って、喘いで、オスの発情を誘発させようとして……、次の瞬間、だめだ、いまはだめだ、真っ昼間から盛るな、仕事がある、そう、仕事がある……いや、でも、こうして肌を重ねるのも仕事、そうだ、仕事だと思おう、そしたら俺は公然とこのオスと交尾できる、四六時中まぐわっていられる、俺、すごく頭がいい！　……と、どう考えても頭の悪いことを考えて、意を決してウェイシを見て……。

「かっこぃい〜……」

「お、おう……そうか」

半泣きになりながら自慰をするシダに褒められて、ウェイシは引き気味に頷く。

「かっこいい……うぇい、し、……かっこいい、かっこいいのが悪いぃ……」

ウェイシが悪い。俺のこと、こんなにきゅうきゅうさせるこのオスが悪い。

悪いのに、このオスがこんなにオス臭くてかっこいいのが悪いのに……好き。

好きで好きでたまらない。

「もう、……いやだ、っ……いやです……死んでしまう……」

両手で顔を覆ってしまうくらい、ウェイシのことが好き。

好きで、好きで、自分に逆らえない。

「お前、そんなんで大丈夫か……」

抑制剤を抜いた途端、こんなに箍が外れるのか……。

これならシダが抑制剤に頼るのも分かる。年がら年中こんなふうになっていたら、今頃、シダは西廠提督ではなく、ウェイシが好きすぎて廃人だ。

「あなた、に……っ、だけなんです……っ、こんな尻軽の兎《うさぎ》の発情期みたいになるの……」

「うわぁ……」

取り澄ました表情や、好戦的な表情を見ることは多々あれども、発情したシダの照れ顔などは、ほとんど見たことがない。こんな顔をされては、男冥利に尽きるというものだ。

ウェイシは、ぐるりと喉を鳴らし、鼻先をシダの腹に押し当てた。

「こ、こで……するんですか……?」

「あぁ」

前脚ではシダの服を脱がしにくい。ウェイシはヒト型に戻ると、シダの上着を剥ぎ、腰帯を解き、べろりと胸もとまでめくって、そこで、動きを止めた。

「……ウェイシ?」

シダはもうすっかりおつむがオンナに切り替わっていて、「お早く、どうぞ」とウェイシの首に腕を回し、下着の奥でうっすらと口を開いて待つ性器を擦りつけ、オスを誘う。

「……? いや、ちょっと……待て?」

ウェイシは小首を傾げ、そろりとシダの腹を撫でた。

それから、シダの体をひょいと抱えるなり、くるりとひっくり返して俯けにすると、今度は両手で背中の真ん中あたりから両脇腹を掴み、腰回りから尻の窪みまでを撫で下ろす。

それは愛撫というより具《つぶさ》に触診するといった様子で、「お前、これ……」となんとも表現しにくい面持ちでシダに視線を向けた。

「早く、奥……おく、ゆさゆさして、あれ、すごい好きです、…………ウェイシ？」

なんだろう？　早く抱いて欲しい。

それしか頭にないシダは、背筋を使って上半身を起こし、背後を仰ぎ見る。

ちょうど、脇腹あたりをウェイシに見せる体勢になると、ウェイシはまた大慌てでシダをひっくり返して仰向《あおむ》けにして、脱がした服をしっかりと着せ直し、それでいて腰帯だけはひどくゆるく巻くと、「せばらみ！」と宣言した。

「せばらみ……は、肉の部位でしょうか……」

ハラミとか、肩肉とか、腿肉とか、背中の肉とか……。

「違う！　お前！　腹筋あるから腹が前に出ないんだよ！」

しっかりと鍛えて筋肉のついた腹は、前に出ない。たるまない。膨らみにくい。

ウェイシはそこまで言うと、草叢《くさむら》に寝転がしていたシダを、それこそまるでお姫様を押しいただくように、宝物を厳かに運ぶように膝に抱き上げ、両の腕で大事に抱えた。

「ウェイシ……？」

「知らんのか！　背孕《せばら》み！」

「生憎《あいにく》……」

「子作りばっかりじゃなくて、母親教育もしておくんだった……」

戦時中でも血相を変えたことのないウェイシが血相を変えて、「言っておくけど、俺の父親教育のほうは完璧なんだからな⁉　だから気づいたんだからな⁉」と、シダが訊いてもいないのに自信満々に答えていた。

膝上のシダがほんのすこし顔を持ち上げると、ウェイシの横顔がある。

ウェイシはひどく慌てているのに口角は持ち上がっていて、戦で勝利を収めた時とはまた違う、なんだかとても誇らしげで幸せなものを、その口端に湛《たた》えていた。

＊

「体温の上昇、生欠伸、睡眠過多、また、眠気に抗えず、気が遠くなるほどの眩暈《めまい》を覚える。……アクイラ殿、ここ最近、シダ殿の様子で気づかれたことは以上ですか？」

「は、……先ほど申した通り、公務遂行時に些《いささ》か情緒面の揺らぎがありましたが、発情期であることを鑑みれば許容範囲内で、強いて言うならば食欲旺盛になったくらいでしょうか……」

ずらりと雁首そろえた医師団に問われて、アクイラが答える。

「シダ殿に内緒事を頼まれてはおりませんな？　隠し立てはいけませんぞ。今回のことは、シダ殿のご健康だけではなく、陛下の御世継ぎにかかわる問題ですからな？」

「……シダ殿、すみません。よろしいでしょうか？」

「はい」

申し訳なさそうなアクイラに確認をとられて、シダは頷く。

「一昨日、シダ殿がえらく吐いておりました。……その、自分の妹が身重の折に、ひどい吐き悪阻《つわり》になりまして、それとよく似た様子ではあると思いましたが……この仕事柄、規則正しい生活など皆無に等しく、自分も特に気にすることなく……」

「シダ殿、ご自身ではいかがです？」

「常と変わらず健康です」

ウェイシの膝に座らされ、ウェイシと指を組んで手を繋がれたシダは、早くこの状況から抜け出したい一心で、簡潔に答えた。

ウェイシの私室で医師たちに囲まれ、背後に立つアクイラには上司らしからぬ姿を見られ、居た堪れぬ思いだ。

「本当にそれだけか？　シダ、どんな些細なことでも言いなさい」

「……はい。……あ、……いえ……あの、陛下……」

「うん？　………あのな、お前、そういうことは早く言え」

シダに耳打ちされて、ウェイシが眉間に皺を寄せた。

「陛下、いかがなさいました？」

「先日、これは貧民窟で大捕り物をしてな、その時に不正出血があったらしい」

シダに耳打ちされたことを、ウェイシが医師に伝える。

こんなシモの話を大勢の前で告白するのは、それがたとえ医者相手であっても気恥ずかしい。自分自身が、なんだかひどく弱々しい生き物になってしまったようで、心許ない。

それに、いかにも……という目で見られている気がする。

不正出血と言っても痛みはなかったし、腹に違和感もなかった。だから、単に自分の生殖器とウェイシの生殖器の大きさがそぐわなくて、出血しただけだと思っていた。

「アクイラ殿とシダ殿からのご申告、陛下の仰った胴回りの膨らみ、下腹の張り……」

「内診で分からないのか」

「まだまだもうすこし経たなくては分かりません。……現状では、なんとも……確かなことを申し上げられぬのです。……ですが、用心して、大事になさるがよろしいでしょう」

医師団はそう見立てると退室し、「では自分も……」とアクイラも下がった。

ウェイシは、嬉しそうだった。

まだ確定もしていないのに、シダの腹を撫でていた。

だが、不思議なもので、「おめでとうございます」と言われているシダ本人は、まったく実感が湧いていなかった。

それでも不思議なもので、もし、この胎にウェイシの赤ん坊がいるなら、自分の命に代えてでも絶対に無事に産むと肚を据えて、覚悟を決めてしまっている自分もいる。

そして、自分は母親にならないと、己に強く言い聞かせようともしている。

シダの腹を撫でるウェイシの、それこそ父親の眼差しを己のそこへ向けられて、二人きりでこうして穏やかに、静かに、胎に存在するかもしれない子供のことを想って過ごす時間を知ってしまうと、決心が鈍る。

シダはなんだか心に引っかかりばかり覚えてしまい、揺れ動く自分の情動にさえ戸惑う。

何ヶ月もかけて、自分の胎で赤子を育み、そして産む。

自分で乳は与えないほうがいいと思った。

だって、いまこうしてウェイシと二人で胎の子を想って過ごすだけで、父性のような、母性のようなものが湧いてしまい、胎の子を自分で育てて、その成長を見届けたいと思ってしまっているのだ。

いざ産んだなら、その時は、産声を聞くか聞くまいかの頃合いで、すぐに自分から引き離してもらおう、そうしないと離れられなくなる。そう思った。乳を含むややこを見てしまったら、シダは、自分がその子にどんな醜い執着を抱いてしまうか分からない。

シダという生き物は、ウェイシの后やウェイシの子の母になるには、あまりにも身分が低すぎるし、出自も血筋も悪すぎる。いざという時、子を支援する財産も後ろ盾もない。

仕事は真面目にやってきたけれど、そうしてやってきたことは世間様には公表できない後ろ暗いことばかりで、胸を張って言葉にすることすらできない。

子供の母親としては公式に認められないし、認めさせたくない。

それなら、形だけでもいいから、ウェイシには、どこか良家から嫁を娶らせて、その人を皇后《きさき》にして、その人の長子ということで育ててもらうことが一番で……。

「ディヤ、余計なことを考えるな」

「…………は、ぃ」

ウェイシの大きな手で両頬を押し包まれ、シダは自信のない返事をする。

まっすぐ見つめられ、優しく微笑みかけられ、ウェイシが子供みたいな顔をして嬉しそうにはにかみ、愛おしげにシダの唇に触れて、「ありがとう」と礼を言ってくれる。

まだ確定もしていないのに、こんなに可愛い顔して喜んでくれる。

その笑い顔を向けられるだけで、生きていて良かったと思う。

……好きなんだなぁ、と、思う。

俺は、この人のことが大好きなんだなぁ……と思う。

好きな人の子を産める人生っていうのは、とても幸せで、恵まれている。

しかも、こんなにも喜んでくれるのだから、これほど有難いことはない。

でも、なぜだろう……、なぜ、こんなにも自分の行いに自信が持てないのだろう。

それが、分からない。

*

胎に子がいるかどうかというのは、ある程度の月日が経たねば分からぬものらしい。

シダは、西廠の鬼と揶揄されるほどの仕事量を抑えた。

元来、事務仕事より外で体を動かすほうが好きだが、進行中の作戦も含めて考えると、内勤に切り替えたほうが公務の上でも効果を期待できる。外勤はアクイラを主体に据え、自分はおとなしく内勤に励むことにした。

そうしないと、ウェイシが「籠の鳥」と、ぼそりと呟《つぶや》くからだ。

シダとしても、あの折檻部屋に囲われてまったく公務に従事できないよりは、事務仕事だけでもできるほうがいい。

西廠へ打ち合わせに来ていたウトパラは、「正妻に迎えようってメスを妾の仕置き部屋で抱くって……王様もすげぇ神経してんな。まぁ、そうやってなんでもかんでも受け入れるお前の神経も大概だけどな。……お前らは繊細さに欠ける」と心底呆れた様子だった。

シダは、ウェイシになにを求められても、どんな言葉を与えられても、すべてが股を濡らす玩具になってしまうから、図星を指されたシダは言い返すことができなかった。

ウェイシに、「胎が膨れてきたら、膨れてきたなりの遊び方をしよう」などと言われてしまえば、一体なにをどうされるのか、想像だけで絶頂を迎えてしまう。

あぁだめだ、淫乱だ、阿婆擦《あばず》れだ、破廉恥だ……と、自分を責めれば責めるほど、「そんなふうにウェイシの手でいやらしい体に仕立てていただいた」と気づいて、盛ってしまう。

あぁもう、本当にだめだ。身も心も生まれてこの方ずっとウェイシの虜《とりこ》なのだ。好きな男にずぶずぶだ。恋だの愛だので、ただでさえお花畑の頭がすっかり色惚けだ。

「………っ、ぅ」

その色惚けから目醒めさせるように、不意に、ずくんと下腹が痛む。

先日まで、この胎はウェイシを想って切ないほど疼いていたのに、ここ何日かは、こうして、時々、忘れた頃に痛む。

その痛みには波があって、強くなることはあっても、消えることはない。

医師からはいくつか薬を処方され、同時に「シダ殿の場合、混血という条件付きですから、性別分化が雪獅族ほど順調に進んでおりませんし、これまで使っていた薬の影響もあります。子宮の収縮と弛緩が上手く働かぬのかもしれません」という見立てを受けた。

こういうところでも、これまで自分のしてきた行いのしっぺ返しがくる。

自分は、ウェイシの子を作るには本当に不向きの体なのだと、些細なことで気が沈む。

「……シダ様、こちらにいらっしゃったのですね」

「あぁ、お前か……どうした？　傷の具合はもういいのか？」

西廠にいたシダは筆を置き、席を立った。

先般、職務中の負傷で養生していたユォンが戸口に立っていた。腕に包帯を巻いて、いくらか足を引きずっている。その隣には見たことのない宦官が二人ばかり付き添っていた。

「お蔭様で随分と良くなりました。……あぁ、まだ足が不自由なので、こちらの宦官殿が手を貸してくださいました。……他の皆は不在ですか？」

「全員、外に出ている。血狼族とシュエ族が共謀して、この首府に潜入したのはお前も知っているだろう？　あの件でな……まぁ、座れ」

シダは、ユォンに着席を勧めた。

ユォンを送り届けたなら、宦官たちはもう用がないはずなのに、その場に留まっている。

「そちらの宦官殿は、えらくオス臭いな。……去勢が足りなかったのか？」

腰かけようとしたユォンに対して、シダは距離を取って立つ。

宦官からは香らぬはずのオスの体臭が鼻につく。

元から鼻は利くほうだが、近頃は、ウェイシ以外のオスの体臭に敏感になったのかして、シダはいくらか吐き気を覚えた。彼らから、雪獅族以外の気配を強く感じる。

「……お前たちの目的は、このシダで間違いないか？」

シダが腰に佩いた刀の柄へ手をかけると、ユォンもまた背後の宦官に目配せした。

「西廠の鬼神様は、なにもかもお見通しですか」

「今頃、兵舎のお前の部屋、別宅、お前が出入りしていた娼館、関係のある家屋敷のすべてに立ち入り調査が入っている。仲間は全員捕まったと思え。……お前たちも投降しろ」

「いつから分かっていたんです」

「お前が入廠する前から」

「……？」

「お前は、我が国へ入国した時点で、西廠と東廠の黒名単《くろめいだん》に載った。お前には閲覧権限のない要観察対象者の名簿だ。けれども、罪を犯す前のお前を捕まえても意味がないだろう？　お前一人捕まえて終わるのでは勿体ない。こちらとしては、芋蔓《いもづる》式で一度に大量確保したいんだ」

商売用の許可証で入国したばかりのユォンを泳がせて、人を使ってそれとなく西廠への就職を斡旋し、シダの下で働かせて、観察して、ユォンが行動へ移す日を待った。

ここ最近、血狼族とシュエ族が城下街に侵入していたのも、ユォンの手引きによるものだ。ユォンの経歴はしっかりと作りこまれていたから、もっと長くこの国に居座って、死ぬまでずっと細々と間諜《かんちょう》でも続けるのかと思っていたが……。

今回、シダの妊娠騒動に乗じて、こちらから、「シダがウェイシの子を孕んだ」と、それとなく噂を流しただけで、存外、早くボロを出した。

「本来の目的は陛下のお命だろうが、俺が一人になる時ばかり狙って行動していたところから察するに……今回ばかりは噂を聞きつけて方針転換したか？」

ユォンは、シダが一人で残業している時や、単独で外勤に出る時ばかり狙って、なんとかしてシダを籠絡するか、武力で制圧するかして、ウェイシにかんする情報を引き出そうとした。

「あなた個人を狙っていた側面もあります。我々は、喉から手が出るほどあなたの持つ情報が欲しい。あなたを人質に、あの雪獅子王に近付いて弑《しい》し奉ることも可能だ。でもね、上からの命令が急に変わったんですよ。……こっちとしては、たまったもんじゃない」

「お前たちだけで俺のことを調べられるはずもない。……どうせ、俺を嫌う雪獅族の一部も協力しているのだろう？　お前たちと与しているのは……我がセン国の国粋派軍人と官僚か？」

「あぁクソ！」

なにもかも見透かされていると知ったユォンは、口汚く悪態を吐《つ》いた。

「今頃、乾清宮にて、陛下が国粋派どもを断罪していらっしゃる」

セン国内にも、ヒト喰いのシダにウェイシの子を産ませたくない派閥は存在する。

国粋派はシダが子を産むことを妨害するのが目的。血狼族は昔から雪獅族と敵対している。

ユォンのようなシュエ族は、国粋派と血狼族の双方から恒久的な支援を受けたい。

国粋派も、血狼族も、シュエ族も、シダの妊娠を機に行動へ移した。

「提督殿お一人でそこまでお考えに？」

「いいや、すべて陛下がお考えになられた。私は陛下のご命令のままに動いただけだ」

「では、なぜ、いま、一人でいらっしゃる？」

「それがな、陛下がまた籠の鳥籠の鳥とうるさくてな……」

なにを血迷ったか、ウェイシは、「この懸案が片付くまで……いや、お前専用の離宮を作ってやるから、胎の子が七つになるまでそこで暮らせ」と言い始めた。それを断ったら、シダをあの折檻部屋に閉じこめようとするから、せめてもの譲歩案として、立ち入り調査に参加しない代わりに、ここで今回の作戦の結果を待つことを許してもらった。

大体にして、こちらが張った罠《わな》とはいえ、自分の管轄である西廠にユォンを入れると決めたのはシダだ。最後まできちんと処理をするのが提督の責務だ。ここぞという時ばかり箱入りにされてしまっては、たまったものではない。

「提督殿がここにいてくれて助かりました。初めの頃はまだあなたが一人になる隙もあったのに、ここ最近、あなたの傍にはあの雪獅子の王がいて手を出しにくかったんです」

「俺も、まさかお前がこんな強引で愚かな手段に出るとは思わなかった。……まぁ、それだけ功を急いているということか、上からの圧力がひどいということか……いずれにせよ、ここいらで諦めろと言ってやりたいが……さて、どうする？　助けは来ないぞ」

「あなたを捕虜に逃げるが得策でしょうね」

「仮眠室の水路から逃げるなら、七番目の分岐点で四つ目の道に入って、三番目の水路で左に折れた先の梯子《はしご》を上がれば、城の外れの丘で第三師団が待ち構えているから使うなよ」

ユォンには、自分の上着を布団代わりにして仮眠室で休む癖がある。

そして、彼がいつも愛用するその上着の隠しには、城内の見取り図や機密情報を記した紙片が縫いつけてある。いざという時は、その上着一枚を羽織って、西廠の仮眠室から続く水路を逃走に使うつもりだったのだろう。

予定していた逃走経路までシダに指摘されたのを機に、ユォンたちは武器を抜いた。

三対一だ。それでも、ユォンたちには万に一つの勝ち目もない。それが分かっていても彼らは武器を捨てず、ユォンはシダの前に立ちふさがり、背後に二人が回り込む。

背後の二人が同時にシダへ斬りかかった。

シダはその二人を正面から迎え撃つ形で助走をつけ、机を足掛かりに跳ねて壁に両足を着くと、それを強く蹴って右側の男の背に飛び乗る。シダの体重を受けて前のめりに傾ぐ男の首に手をかけ、胸椎のくびれを支点に脊柱が真反対になるまでへし折った。

「怯《ひる》むな！」

ユォンに怒鳴られて、もう一人の男が刀を繰り出す。

シダは、事切れた男の体で刃を受け、もう一人が持つ刀の根本までその死骸をずぶりと埋めこみ、刀を握った手の自由を奪うと、ぐいと距離を詰めて喉笛へかぶりつく。

悲鳴をあげて後ろに倒れる体を四つ足で掴み、逃がさぬよう喰らいつき、皮膚も肉も喰い破り、じゅぶじゅぶと生き血の滴る生肉に牙を食いこませ、筋と血管を引き千切る。

悪い傾向だ。ヒト喰い衝動が止まらない。

自制したい気持ちはあるのだが、止めようという気はなくて、それどころか、後一匹で獲物も終わりか、残念だな……すこし遊んでから殺そうか、いや、これは生け捕りだな、まだ情報を引き出せる……などと算段している自分がいる。

「……っ！」

そのシダの横腹めがけて、獅子が飛びかかってきた。

ヒト型を取り繕うことをやめたユォンが、本性でシダを襲ったのだ。

ユォンは、ヒト型の見た目こそ雪獅族そのものだが、本来の所属先はシュエ族で、そこに血狼族の血も入っている。本性は、毛皮にうっすらと血色が混じった獅子と狼の交雑種だ。

成体のオスは、シダの体の何倍もある。力押しでこられると勝ち目はない。

だが、シダにはそれにも勝る経験と、そしてまだ顕《あら》わにしていない本性があった。

「は、っ……」

「なにがおかしい！」

がっ、が！　ユォンは獣の牙でシダを威嚇する。

「陛下とは比べ物にならんほど貧相だ」

常日頃からウェイシの本性を見ているシダにしてみれば、そこいらにごまんと存在するオスなど、肉屋に並んでいる肉塊か、鶏小屋で群れるひよこと同じだ。

シダが嗤い飛ばすと、ユォンは口角に沫《あわ》を飛ばして血眼になり、余計に我を失う。良い傾向だ。いますこしユォンを煽り立て、集中力が途切れた頃に反撃に出て、気絶させて生け捕りにすれば……と、シダは冷静に観察し……。

「……っ、?」

ずきんと痛む胎に思考を止めた。

こんな時に……。シダは眉根を寄せ、寄せたその眉根の皺を深く刻むなり、気の遠くなるような痛みを感じた。ユォンに気取られぬよう、奥歯を噛んで痛みを殺し、浅く息を吸い、肺が、ひゅ……っと鳴ったその時にはもうユォンに組み敷かれていた。

ほんの刹那、痛みのあまりシダは気を失ったらしい。

肩口をユォンの前脚で抑えこまれ、牙を伝って滴る唾液がシダの頬を濡らす。下半身に体重をかけられると、胎の痛みがまたひとつ増し、じわりと熱いものが股を濡らした。

「身重でご無理をなさるからですよ」

シダが己の状態に気づいていないと知ると、ユォンは、血を流すシダの胎に、シダの何倍もある体重を乗せた。

「……っ、……！」

今度は、耐えられぬ痛みに悲鳴を上げた。

遠くで耳鳴りに聞こえるような、か細い悲鳴だ。

腹筋の向こう、背中側にまで激痛が届き、背骨を通って脳天まで響く。

全身から力が抜けて、気も遠のく。

だめだ、気を失う前にこいつを殺さないとこちらが、いや……胎の子が、死ぬ……。

シダは、ヒトの形を取り繕うのをやめた。

自由な首から上だけを雪獅子に、左腕を翼手に変え、耳のあたりからは捻《ねじ》れた二本角を生やす。翼手と二本角は雪獅子には存在しない、ヒト喰い特有のものだ。

ウェイシにしか見せたことのないものだ。

翼手でユォンの体をぐるりと覆い、視界を奪うと、唇が触れる距離まで引き寄せる。

ぐるりと捻れた角の切っ先は正面を向いていて、ユォンの顎下に突き刺さる。

ユォンが身をよじって逃れようとするから、深くまでは刺さらない。シダは翼手を放してユォンを自由にすると、ユォンが自分から離れた隙に、自分の全身を雪獅子に変えた。

青鉄色の混じって、くすんだ雪色の獅子だ。

禍々《まがまが》しい立派な二本角、青鉄色の瞳と鬣、前肢から背中にかけて歪に骨が隆起した二枚羽があって、こちらは青から鉄色の濃淡で、翼膜がある。後肢には尖った爪ではなく蹄《ひづめ》が伸び、異様に長い尻尾が床に垂れ下がっていた。

ぼた、ぼた……。股の間から、どす黒い血が滴る。筋肉の張った後肢には、どろりと血の塊が伝い落ち、石床の溝に溜まり、ぬかるみ、蹄にねちゃりとまとわりつく。

ユォンに追い打ちをかけたいのに、腰から下が異様に重怠い。胎の痛みに限ってはもう痛みを通り越して蹲《うずくま》るしかできず、血まみれの床に尻を落として座りこんでしまう。

シダはなけなしの力を振り絞って牙を剥いた。

血泡を吹いて襲い来るユォンの前脚に喰らいつき、自身の翼手で胎を庇う。

シダが積極的に反撃してこないと分かると、ユォンは、シダの胎ばかりを執拗に狙った。

シダは、この頃にはユォンを殺すことを諦めて、時間を稼ぐことに集中していた。

ユォンには、常に見張りをつけている。動きがあれば、すべて自分かアクイラへ報告がいく。アクイラへ報告が回れば、ウトパラにも情報が流れるし、当然、ウェイシの耳にも入る。

「……っ、は……っ、っは」

胎の仔。胎の仔だけは守らないと……。

この胎だけ守ればいい。

愛しい人との子だけを守ればいい。

「はっ、えらくメス臭い思考に染まったものだ！　母親がヒト喰いでは、胎の子も哀れよ！」

守りに入ったシダを、ユォンは嘲笑った。

「たとえ我が子に疎まれようと、我が子に対する愛に変わりはない」

まっとうな母親になってやれないのであれば、せめて産んでやるくらいはしたい。守ってやりさえすれば、この後に、たとえ自分が死んだとしても、ウェイシが育ててくれる。ウェイシを独りにしないで済む。

「……ウ、ェ……ぃシ……」

こんな時に、こんな弱々しい声を胎の子に聞かせたくない。

こんな甘ったれた声で愛しい男の名前を呼ぶなんて、自分らしくない。

「シダ！」

ウェイシの声が聞こえた。

いままさにシダの胎に牙を立てんとしていたユォンが、シダから引き剥がされる。

大きな獅子の図体が宙に浮くほどの力で、ヒトの姿のウェイシが、その腕の一本でユォンの襟首を掴んで後ろへ引き倒した。

「アクイラ！　シダにオスを近づけるな！」

「はっ」

ウェイシの命で、アクイラはすべてのオスをシダから遠ざける。

シダは牙を剥き、翼手を拡げ、血だまりのできた石床を爪で掻き削り、威嚇する。血走った眼のメスが、ただただ子を守る為、鬼神のごとき形相でユォンを睨み据え、つけ狙う。

「シダ殿、動かないで……シダ殿っ……陛下、シダ殿が……！」

「ディヤ！　トヴァディーヤ‼　動くな‼」

「……っ！」

シダは、ウェイシに命じられてその場で伏せをする。

シダが大人しくなるのを見て、アクイラは胸を撫で下ろした。

まだ、シダは我を忘れていない。きちんとウェイシの命令で動く。

落ち着きを取り戻したシダは冷静さも取り戻し、ウェイシに危険があればいつでも飛びかからんと短い息遣いを潜め、ユォンに狙いを定めている。

戦時下も、シダはずっとこんな感じだった。

ウェイシの傍から決して離れず、ウェイシの為だけに戦って、傷ついて……時には我を忘れて、仲間内から化け物だと忌避されて、それでも絶対に俯かずに前を向いて、鬼になって戦って……どんな時でもウェイシを想い、鬼神の如き戦いぶりのなかでもウェイシの声だけは忘れず、ウェイシの命令に従った。

ウェイシの言葉だけは、いつもシダに届いていた。

「すぐに終わらせる、そこで待っていなさい」

「うー……」

ウェイシの言葉に、シダは喉を鳴らして返事をすると、胎を守ることにのみ専念し、胎の子の父親を目で追いかける。

ウェイシは、たったの一撃でユォンの命を奪った。

ユォンの厚い毛皮の向こうまで、ウェイシの刀が深く肉を貫く。

ヒトの姿と力でも十二分にそこいらの雪獅子に勝つことのできるオス。それがウェイシだ。

「食え、栄養になる」

ウェイシは、シダの眼前までユォンの死骸を引きずり出す。

発情期の雪獅子は、オスもメスも脂が乗って美味い。血狼族とシュエ族の血も混じっているなら、血も濃い。雪獅族は共喰いをしないが、身重のヒト喰いには必要な栄養だ。

「……、ん、ぁお、おぁあ」

最初のひと口をウェイシの手で食べさせられる。

どんな状況にあっても我を忘れたことなんてないのに、肉の旨味が舌に広がると、シダは、死骸の毛皮を鼻先で掻き分け、臓物に顔を突っこみ、ばりばり、がつがつ、喰らった。

「やっぱり、お前たちヒト喰いはそうして頭から食べるに限るな」

雪獅族らしく振る舞おうと行儀良くしているより、こうして犬のように前脚を揃えて地に伏せ、がつがつと肉を喰らっているほうが、ずっと自然な形だ。

「うぇい、ひ……」

シダは口の周りを汚して、腹を空かした子供みたいに貪り、にこにこ笑う。

「うん、美味いな」

シダが食事に夢中になっている間に、ウェイシはシダの背後へ回り、己の上着で隠してやる。シダの警戒心が解けるまでは、動かせない。下手に動かして下血がひどくなるのもいけないし、周りに大勢のオスがいることに気づいたら、シダはまた牙を剥く。

手負いのメスは、胎の仔を守る為にならなんだってする。

ウェイシはアクイラに目配せをして人払いし、医者を呼ばせた。

「たくさん血を流したから、たくさん食べなさい」

「……んぁ、ぷ、っ……ん、ぐ……ンん、っ」

一対の翼手をぱたぱたさせ、尻尾で、べちっと床を叩いて返事をする。

よそのオスは近づけないが、ウェイシにだけは近寄ることを許し、ウェイシにだけ触れさせて、ウェイシの傍でなら安心して、警戒を解いて、場の保守をウェイシに任せて餌を喰らう。

「お前は本当に跳ねっ返りで可愛いな」

一所懸命、餌を喰らうシダの鬣を撫で梳いて、ウェイシが笑った。

*

「アハムトヴァディーヤ（私はあなたのもの）」

十五年前、ウェイシの城へ連れ帰られたシダが喋れたのは、ヒト喰いの言語だけだった。

その後、雪獅子の国の言葉で最初に覚えたのは、威獅《ウェイシ》。ウェイシの名前だ。

ウェイシと血の近しい親族や、ウェイシが生まれた頃から長く見守っている宦官は、公務を抜きにした場面では、「陛下」ではなく「ウェイシ様」と親愛の情をこめて呼んだ。

その名で呼ぶと、なぜか、呼ばれてもいないシダが、ぱっ！　と顔を上げて、部屋へ入ってきたウェイシを見つけるなり駆け寄り、「アハムトヴァディーヤ！」と、自分の存在を、自分が捧げる愛を、ウェイシに示した。

「好啊《ハオァ》、你是威獅的《ニィシィウェイシダ》（そうか、お前はウェイシのものか）」

懐に飛びこんでくるシダをウェイシが受け止め、その腕に抱き上げる。

そんな日常があった。

シダが、「アハムトヴァディーヤ」と言えば、「你是威獅的《お前はウェイシのものだ》」とウェイシが答えるから、雪獅子の言葉が覚束ないシダは、その言葉が自分を形容する言葉だと覚えて、自分で自分のことを「ウェイシダ」と呼ぶようになり、その名前以外で呼ぶと返事もしなくなった。

シダが覚えた二つ目の言葉は、「我是威獅的《ウォシィウェイシダ》（わたしはウェイシのもの）」という、短い文章だ。たどたどしい言葉遣いで、幼い子特有の短い舌で、毎日、ウェイシに向けて「わたしはあなたのもの」と幼い愛を捧げた。

幼いながらも、まっすぐな愛をウェイシに尽くした。

わたしはウェイシのもの。

その言葉は、「わたしは、ウェイシの所有物、という名前です」という意味にもなる。

そして、それがそのままシダの名前になった。

王の名をすべて自分の名にするのは憚られるので、末尾のシダだけをもらった。

獅的《シダ》。

それだけでも充分に意味は通じた。

シダは雪獅子王の所有物だ、と公言できた。

血狼族とシュエ族、そして国粋派は、その雪獅子の王の所有物に傷をつけたのだ。

「せっかくすこしは噂も収まるかと思ったのに……余計にひどくなったじゃないですか」

シダをしてそう言わしめたのは、ウェイシの、彼らに対する処罰だ。

国内に潜む一派は、ほぼすべてが掃討された。

根絶やしこそ困難だが、そこは東廠のウトパラが得意とするところで、「さぁ今日も元気に敵を討ち取れ！　西廠の鬼神が公欠の間に戦果を挙げろ！　いまなら東廠の独り勝ちだぞ！」とやる気になってくれたので安心だ。

アクイラからも「しばらくは自分が西廠を預かります。シダ殿は養生してください。……ほんと頼みますからおとなしく……実のところ、妹が産気づいた時より焦ったんですから……」と懇々と諭されて、シダもおとなしく頷いた。

当のシダはといえば、城の外れにある離宮で養生する日々を送っている。

四方を水路と人工湖に囲まれた離宮は、やわらかな日差しを受けた水面にきらきらと照らされ、シダとウェイシ二人だけの世界を作り上げている。日常の喧騒《けんそう》からも遠く離れ、書類に署名する墨汁の匂いもなければ、水時計の音に焦りを感じる必要もなく、軍靴を踏み鳴らす音も、軍馬の嘶《いなな》きも、軍刀の下げ緒の金属音も、なにもない。

ウェイシは一度もシダを叱らず、許してくれた。

なにせシダが目を醒ましたのが今朝方なのだ。うつらうつらと意識はあったが、ここ半月程はずっと床に伏したままで食事も水もほとんど摂らず、叱るに叱れなかったのだろう。

胎の子が無事かどうかは、まだ分からない。

最初の数日は、寝台を真紅に染めるほどの出血があった。それも徐々に減って、数日前から出血は止まった。それにあわせて腹痛もなくなり、シダは床から起きた。

発熱だけはいまも続いていて、すこし気怠い。医師からは、「容体は落ち着きましたが、……はて、うむ……もう少々安静に、油断だけはなさいませぬように……」と診断を受けた。

「……ウェイシ」

その夜半、寝つけぬシダは隣で眠るウェイシを揺り起こした。

「どうした？　ディヤ……？」

「すみません、寝ているのに……あの……、すみません……」

起き上がるウェイシの袖を引き、寝台の上で正座する。

「ディヤ?」

「こ、れ……どう、しましょう……」

月明かりの下でも分かる、寝具を濡らすドス黒い血液とメスの匂い。

ほんのわずかウェイシが眉根を寄せるのを見て、シダは、これが良くないことだと悟った。

「……ど、しよう……どうしましょう、ウェイシ、血……血が、あなたの子が……」

「ディヤ、落ち着け。……出血はいつからだ? 分かるか?」

「……ウェイシ、こ、こども……おれ、はら……血……っ、あなたの、子……」

「ディヤ、動くな、そこにいろ。そのままだ」

「やだ、……ぃ、行かないで……うぇいし……いやだ、そばにいて……」

寝台から出ようとするウェイシの服を掴み、女々しく縋る。

「医者を呼ぶだけだ。……! 医者を呼べ! 急げ!」

シダの指に指を絡めてしっかりと握り、ウェイシはその場で声を張った。

寝室の外に控えている太監《たいかん》が、大慌てで硬い廊下を走る音が響く。

「すみません、っ……す、みません、ごめんなさい、ごめんなさい……っ」

どうしよう、子供、ウェイシの子供……赤ん坊……。

死んでしまう。殺してしまった。産んであげられなかった。守れなかった。

ウェイシの言うことを聞かなかったからだ。おとなしくしなかったからだ。

子供が胎にいるということの意味をシダがちゃんと理解しなかったからだ。

大事にしなかったからだ。

胎にウェイシの子を預かっているのに、その重大性を、命の大切さを、愛しい人の想いを、蔑ろにした自分の責任だ。子供を作ることの意識に欠けて、無責任だった自分の悪だ。

「……ご、めんなさい、ごめんなさい……っ」

「ディヤ、いいから……ディヤ、落ち着け。お前が悪いんじゃない」

「だ、って……あなたの、子供……っ、股から、血、とまんない……っ」

はら、いたい……とめて、はやく。

赤ん坊が、流れる。

大事な子供が、跡継ぎが、ウェイシの家族が……。

「ディヤ、息をしろ。息だ。呼吸するんだ。吸うんじゃなくて、吐くんだ。……ディヤ、しっかりしろ、……気を失うな、ディヤ……」

「……っひ、っ……は、っ……ひ……」

横になることもできず、上半身をウェイシの懐に抱かれる。

寝具に投げ出した両足の間から、じわじわと鮮血の広がる様を成す術もなく見つめる。

かり、がり。腰を抱くウェイシの腕に爪を立て、ごぽり、ごぷりと股から垂れ流れる血の塊を見つめ、止め処《ど》なく流れいくそれに、血の気も引いていく。

申し訳ないことをした。

ウェイシにも、胎の子にも……。

自分が至らないばかりに、不甲斐ないばかりに、親になる資格もないのに……。

産む資格もないのに、欲しいと願ってしまって、己の欲に負けて……。

「……ぇ、いひ……ごめん、ぁ、さ……っひ……」

「ディヤ、やめろ、謝るな……」

お前が心の準備をする時間も待てずに事に及んだ俺が悪い。

胎の子の責任を持つと言ったのは俺だ。責められるべきは俺だ。

「……ウェイシ……」

重ねた手と手が、震えている。

どちらの震えか分からない。こんなことは二人とも初めてで、どちらもが己を責めて、愛しい人を責めずに胎の子に詫びて、明けぬ夜に涙を流し……。

「月経ですな」

寝ているところを起こされた五人の典医は、拭っても拭ってもじわじわと血の滲むシダの股を特殊な器具でそろりと診察し終えると、手を繋いで息を呑む二人に、もう一度こう告げた。

「単なる月経ですな」

「月経……」

「え、月のモノですな。母胎となれる者が繁殖期に入ると、股から血を流します」

ウェイシの言葉に、眼鏡をかけた典医が答える。

「あぁ、うん……月経の存在は知っている。俺はなったことないが……ディヤ、お前も存在くらいは知ってるだろ？　ほら、戦時中の女性兵が面倒だと嘆いていたアレだ」

「は、……アレでしたら存じております。しかしながら、月経というのは……」

シダの浅はかな性知識であっても、妊娠中は月経にならないはずだ。

「え、ですから、妊娠ではありませんな」

年老いた典医が深く頷く。

「妊娠……」

「………してない」

典医の言葉を、二人して繰り返す。

「お二人が妊娠だと思い込んでいらっしゃったのは、おそらく月経の始まりでしょう。シダ殿に限っては、抑制剤の服用をやめて一ヶ月強、ようやく薬も抜け切って、発情期に、きちんと繁殖と生殖ができる体になり始めた、というのが我々の見立てです」

若い典医が、五人の総意をまとめて分かりやすく説明してくれる。

「強い薬の多用で強制的に止められていた性別分化がゆるやかに再発し、陛下の御子を孕む為の体の造りになり始めております。……しかしながら月経周期は狂っておりますが……」

「三日前にも一度は出血が止まったものの、今夜また始まりましたからなぁ……」

「じゃあ、シダは妊娠したのでもなく、子が流れたのでもなく……」

「陛下、私どもはこう申し上げたはずです。正しい診断はもうすこし経たねばできぬ、と」

「だって、せばらみ……」

「薬を抜き、陛下のご寵愛を受け、腰回りの肉づきがよろしくなっただけです」

「でも……」

「でももへったくれもない！　ですから再三、確かな診断はまだ先になると最初にお伝えしたでしょうが！　子供ができることが嬉しいのは分かりますが、早とちりです！」

ウェイシを子供の頃から診てきた老医師が、ぴしゃりと言ってのける。

「陛下、シダ殿は陛下よりも年下で、陛下の養い子で、陛下の庇護下にある生き物です」

「ですから、シダ殿の庇護者として陛下にはもっとしっかりしていただきたい。嫁だ子供だと言う前に、あなたが過保護に育てすぎたシダ殿に正しい性教育を行ってください」

厳しい顔の医師たちは、腹に溜めていたお小言をここぞとばかりウェイシに忠言した。

「舞い上がり過ぎですな、お二人そろって」

「ではお二人とも、以下に我々が申し上げることをよくお聞きください」

「まず、シダ殿におかれては、止まっていた分化が進んだとはいえ、これから先、成年期の雪獅族ほどの逞しさは得られませんし、見た目も、ほぼこのまま変わることもありません」

「月経こそ始まりましたが、完全にメスに分化するにはもう年齢的に難しいことをご理解ください。シダ殿の体は基本的に現在のオスのままです。メスと違って膣は形成されません。排泄器からの性交で妊娠が可能になる程度には分化できるはずですが、着床の確率も下がります」

「また、子を孕んだとしても、陛下の仰ったように背孕みとなる可能性が高く、乳房も大きくなりませんし、乳の出も期待できません。骨盤は狭く、痩せ型で、こういった体型の者は雪獅子の仔を産む際、難産の傾向にあります」

「今回は孕んでおりませんでしたが、次はそうではないと限りません。シダ殿のお体は、雪獅族にも勝る勢いで丈夫ではありますが、今日という日の恐怖をよくよくお心にお留め置き、よくよくお考えになられて、よくよく納得ずくの上、御子を作っていただきたい」

「シダ殿も、陛下の御子を産むということの意味を理解したはずです。これまでと同様の西廠の鬼神としての働きぶりは控えるがよろしい。家庭と政治と公務を分けて考えるように」

「……善処、します」

シダは、ウェイシに隠れるようにして小さく頷いた。

不特定多数の大人から敵意を向けられたり、根拠のない悪意で罵られたことはあるが、心配ゆえに叱られたことの少ないシダは、こういう雰囲気は苦手なのだ。

ウェイシが「シダを叱らないでやってくれ」と懐に庇い隠すから、その場にいた医師や宦官たちは「こうやって甘やかしてきたツケが回ってるんだなぁ」としみじみ思った。

シダは、齢《よわい》二十一歳にして、ウェイシからオスメスの性教育を受けた。

これから一緒に子供を作る男から性教育を施されるのもなんだかなぁ……と思いつつ、でも、きっとこれは馬鹿な親にならない為に必要なことなんだと考え直し、真面目に性教育の授業を受けた。

親のいない自分が親になることの重さ。

そこには、たくさんの不安がある。

けれども、心細さはひとつもない。

ただ、なにか、まだ……心に棘がひとつ刺さったままのようで……。

＊

シダは、寝室に面した中庭の、そこに揺蕩う蓮池に足先を浸す。

あれから数日、月経はひとまず落ち着いた。いまはもう股から血を流していない。

次、いつまた始まるかは分からないが、昼の公務に就ける程度には回復した。

それに、ここ最近、夜は決まってウェイシの部屋で過ごしている。

二人の間ではそうすることが日常になり始めていて、きっとこれはそのうち習慣になって、気づいた頃には当然のことになっているのだろう。

そして、シダはそうなることを受け入れていて、だから、たぶん、もうシダの心は決まっていて、だからこそこんな日々を漫然と過ごしているわけで……。

それでも、夜半に寝台を抜け出し、物思いに耽るくらいには自分でもなにかしっくりこないところもあって、こうして一人で考える時間が欲しいと思ってしまう。

「ディヤ、冷えるから中に入れ」

「……もうすこし、ここにいます」

ウェイシの夜着を肩に掛けられ、シダは袂を引き寄せる。

襟元からウェイシの匂いがする。

すんと鼻先を寄せる姿を、隣に座ったウェイシがじっと見ていた。

「なにか……？」

「うん？　……いや……、なにを考えているんだろうなぁ……と思った」

ウェイシは左足を水面に垂らし、胡坐を掻くように曲げた右足の、その膝に腕を突き、そこに顎先を乗せて顔を斜めに傾げ、じっとシダを見やる。

「珍しいですね、俺の考えていることが分からないなんて……」

「なにか考えてるんだろうなぁ……ってことは、分かる」

「正解です」

「なぁディヤ、……やめるか？」

「やめませんよ、馬鹿言わないでください」

そうして笑い飛ばした声が、震えていた。

ウェイシはなんでもお見通しだ。

シダが迷っていることに、気づいている。

「身を引くべきだということは、理解しています」

「先日、政治と家庭は別に考えろと医者にも言われただろ？」

「あなたとの生活で、政治と家庭が別になることはありません」

「この問答、何度目だろうな」

「…………何度考えても、答えが出ないんです……」

答えが、出ない。

違う。どうしても、答えを出せない。

それも違う。答えは出ているけれども、それを、どうしても言葉にできないのだ。

「子供が……できると……大変だと思うんです……」

両手で顔を覆い、真っ暗の内側で両眼を閉じ、息を吐くように想いを吐き出し、本当に言葉にしたい言葉を吐き出す為の時間稼ぎと、心の整理をつける。

「子供を作ることに不安があるなら……」

「問題は、そこじゃないんです……」

「……俺のこと、そういう目で見れないか？　長く一緒に居すぎたせいで、家族としか思えないか？　主従以外の立場になるのは受け入れられないか？　俺は、お前の夫として、伴侶として、つがいとしては、不足か？　もっと考える時間が必要か？」

「いっぱい訊かないでください」

「……すまん」

「あぁ、もう……だから……違うんです……俺は……っ」

いま言わないと、たぶん、もう一生言えない。

それでも、こわいものはこわくて、おそろしいものはおそろしくて、自分のこのひと言で、ウェイシの幸せな未来を潰してしまうのでは……と思うと、どうしてもそれができない。もう、出会った頃のようなつらい思いをウェイシにさせたくない、独りにさせたくない、傷つけさせたくない、戦わせたくない、懸命に働いて、国の為に尽くして、笑顔も人生の喜びもなにもない血まみれの日々を送らせたくない。

ウェイシは、いままでたくさん戦ってきた。もう充分だ。

出会ったあの日に、シダは、自分がウェイシの代わりにその役目を担うと決めた。

ウェイシの一生《そし》を幸せにすると、あの日、誓った。

出世の鬼と謗られようとも、西廠の鬼神だと嘲笑《あざわら》われようとも、血を好むヒト喰いだと脅えられようとも、ウェイシが戦わなくて済むなら、シダにとってそれらは称賛になった。

ウェイシを恐れる噂が薄れて、きれいで優しい嫁がきて、幸せに暮らしてくれれば、シダはそれで幸せだった。

「……あなたのこと、幸せにしたいんです……」

「うん」

「そんなこと、あなたはもうとっくの昔から分かってて、俺が……なんでこんな馬鹿みたいに働いているのかも分かってて、俺の馬鹿みたいな考え方や生き方も受け入れてくれて……っ、だから……っ、だから、西廠の座も俺にくれて……俺に、あなたに尽くす喜びを与えてくれて……見守ってくれて……っ、……だから、俺は、あなたに、あなたを幸せにしたくて……っ」

幸せにしたくて、笑って欲しくて、たくさんの人に囲まれて幸せに生きて欲しくて、それを陰ながらでも支えていければ嬉しくて、嬉しくて……、嬉しいのに……。

「好き、なんです……」

あぁ、言ってしまった。

愛しい人の幸せを願って、傍にいられるだけで満足すべきなのに、言葉にしてしまった。

「すきなんです、……っ、だいすきなんです、ずっと、ずっと……むかしから、ずっと……っ、だいすきなんです……、あなたが好きなんです……」

「……ディヤ」

「すみません……っ、ごめんなさい、ごめんなさい……っ」

すみません、困らせるようなことを言って、すみません、ごめんなさい。

俺は、ちゃんと正しいお嫁さんになれません。明るい人生を歩んできたまっとうなお母さんにはなれません。あなたが家に帰ってきた時に、あなたが望むような家庭を作れません。

俺は家族もいなくて、親兄弟と暮らしたこともなくて、温かい家庭も普通の環境も知らなくて、だから、子供も育てられないし、正しい育て方も分からないし、誇らしい出自も家柄もないし、身寄りもないし、後ろ盾もないし、いざという時にあなたや子供を守る持参金も権力もないし、ヒト喰いの血が混じった半端者で、たくさん、たくさん、殺してきたんです。

赤ちゃんを産んであげられるような、立派な母胎じゃないんです。

あなたに相応しくないんです。

あなたに相応しくないのに、あなたを愛してしまったんです。

ただ、好きでいたかったんです。ずっと、ずっと、愛していたかったんです。傍にいたかったんです。あなたのつがいになりたかったんです。

いまも、そうなりたいんです。

俺と番って欲しいんです。

ずっと愛させて欲しいんです。

「……俺のこと、愛して欲しいんです」

あぁ、そうか、分かった。

ウェイシに望まれて、ウェイシに抱かれて、ウェイシの子を孕んで、ウェイシの子を産めることは、こんな自分にとって、とても幸福なことで、有難いことで、ウェイシの子を産むと決めたのは自分の意志なのに、何故、こんなにも自分の行いに自信が持てないのか。

なぜ、こんなにも頑なになって、言葉で己を律し続けて、身分や出自を言い訳にウェイシから逃げて、あくまでも家臣として生きる未来を望み続けたのか……やっと、分かった。

子を作る為に愛してもらうのではなく、ただ単純に、シダのことだけを見て、愛して欲しいからだ。子を鎹《かすがい》にした愛ではなく、ウェイシとシダの間の、二人だけの愛が欲しかったのだ。

シダだけを、まず、愛して欲しいのだ。

自分だけを見て欲しいのだ。

そんな我儘な答え、とっくの昔に自分自身で気づいていたから、逃げていたのだ。

子供だけじゃなくて、ウェイシそのものが欲しい。そう声に出して望むより、戦って、生きて、死ぬほうがシダにはずっと簡単で、シダが愛を求めればウェイシは必ず与えてくれると分かっていて……だからなおさらシダが分別をつけなくてはいけないと自戒して……。

「……す、みません……」

すごく、すごく、わがままで、ごめんなさい。

ひどいわがままを言ってごめんなさい。自分本位の醜い愛ばかり求めてごめんなさい。

あなたの子を産むという幸せを与えてもらえるだけで満足しないといけないのに……。

「……おれのことだけ、あいして」

愛して欲しい、あなたに。

子供を作っても作らなくても、ヒトを殺す仕事をしてもしなくても、子を孕んで働けなくなっても、それでもまだ俺だけを愛して。まず、なにもかも抜きにして、俺のことだけ愛して。

「順番が逆だったな……、すまん」

「……ウェイシ？」

「子供を作る前に、恋だの愛だのにうつつを抜かすべきだった」

好きだ、愛してる、恋をした、慕っている、想っている、焦がれている。

まずは、それをすべきだった。

だから、いまから、これから、それをしよう。

二人で、一緒に、お互いをお互いのものにしよう。二人の愛を交わそう。

「愛してる、俺のものになってくれ」

「十五年も前から、あなたのものです」

あなたの為に、生きています。

あなたがくれた愛で、今日まで生きてきました。

だから、これからも、もっと愛してください。

俺は、あなたに愛されて生きていきたいです。

＊

大きく股を開いてウェイシの膝に乗り上げ、向かい合い、愛しいオスの唇を吸う。

「はらわた掻き回されて、ぐちゃぐちゃにされたいです」

「……お前、思ったよりごっついこと考えてたな」

「だっ……だめでしたか……」

「だめじゃない。……けど、いやらしい子だなぁ、と」

「……だって、ここ……好きな人に使ってもらえる……」

ウェイシの肩口に額を押し当て、自分でも分かるくらいの赤面を隠す。

両手指で己の尻穴を左右に開き、指を浅く含ませ、前後に抜き差しを繰り返す。狭い空洞内で腸液と空気を掻き混ぜ、くぱ、くぷ……と恥ずかしい音をさせて、オスを煽る。

ウェイシがシダの尻に手指を添わせ、ゆるく揉む。たったそれだけで打ち震えるような快感があって、シダは辛抱できずにウェイシの手をとり、自分のメス穴に誘うと、ウェイシに教えられたとおり、下腹の奥の筋肉だけを使って奥を締め、入り口をくぱりと開いて見せる。

ウェイシの指に、このふしだらな尻はもうすっかり受け入れ態勢だと教える。

「成長が早いなぁ……」

五つや六つの頃から隣に置いている子が、ウェイシを誘う為に、自分の意志で尻穴をくぱくぱと開いては閉じ、自分の意志に関係なくウェイシを求めてひくつかせ、ウェイシの手をそこへ触れさせて、「さわって、こんなに、開いてる」と自分で開いた穴をひけらかす。

「ウェイシ、そっち、いやだ」

「うん？」

腰を浮かせたシダと繋がろうとした瞬間、甘え声で拒絶された。

「これ、いやです」

後ろに回した手で、シダは、ウェイシの陰茎をゆるりと撫でる。

尻の間に挟み、ぬち、にちゅ、と先走りをねたつかせて前後しながら、「こっちじゃなくて、おっきいほう」とウェイシの耳を噛む。それでもまだウェイシが察せずにいると、「ふかふかのとげとげの」と、あからさまにねだって見せた。

「ディヤ……それ、お前にはまだ……」

「ほしい」

はぐ、あぐ。頬を噛み、耳朶を噛み、青い髪に顔を埋め、後ろ頭を掻き抱く。

頬を寄せて匂い付けをして、たっぷり甘えてねだれば、ウェイシはシダのお願いをなんでも聞いてくれる。

「…………分かった。その代わり、後ろからするぞ。交尾の格好だ、分かるな？」

「やだ。前からがいい」

「じゃあ、中に入れてから大きくするのでいいか?」

「うん。でも、ぜんぶゆきいろのほうでして」

「分かった分かった」

相談と打ち合わせとおねだりの落とし処は、三往復の会話でカタがついた。

ヒトの体に獅子の陰茎がぶら下がっている。勃起もしていないのにシダの太腿より太い。

寝具へ寝かされ、腰を抱えられたシダは、それを凝視しながら今か今かとその時を待つ。

「……んっ、ぁ……あっ……」

入ってきた。ずぶずぶ、ずぶずぶ。縦に串刺すように入ってきて、斜めに胎を突かれる。

びゅくっ、びゅ、っ。内臓を圧迫されて薄い精液が押し出される。がくがく小刻みに腰が揺れて、内腿の付け根の筋が震えて、過剰に分泌された腸液で、尻の穴がじゅわりと熱く潤う。

「そんなに俺のこれが好きか?」

「いれ……ぁ、だけで……いっちゃうっ、くらひ、っすき」

声を裏返して、ぐしょぐしょの陰茎をウェイシの腹筋になすりつけることで、答える。

こんなに出しちゃうくらい好き。挿れられただけで息が上がって、幸せで……。

「はぐ、んぁ……ぁあぅ」

好きすぎて噛んじゃくらい好き。

噛みながらオスをきゅうきゅう締めつけ、自分のなかにオスがいることを実感して、ウェイシが腰を押し進める以上に、自分で腰を下とす。

「……っ、は――……持ってかれそう」

根本までずっぷりと収めれば、「いい穴になってきた」とウェイシが嬉しそうに唸る。

ウェイシは眉間に皺を寄せ、シダの腰と背中に両腕を回し、縋るみたいにしがみつく。

シダの胎のなかでびくびくして、みちみちと肉を押し広げるほど太って、ガチガチに固さを増して、奥の奥へ潜りこもうと直腸の曲がり角をぐりぐりと抉ってくる。

「……馴染んだか？」

「ン、ぅ……ウェイシ、が……どんどん大きくするから、まだっ……あっ、ふ……拡がる」

股が勝手に開くと、腰が落ちる。陰毛が擦れて、二人分の先走りや腸液で、細かな泡が立つ。

それがくすぐったくて、二人して肩を震わせて笑って、じゃれる。

「こら、ぐちゃぐちゃするな」

「ぬるぬるきもちいい」

「……悪いこと覚えたな？」

「これすると、におい強くなる」

触れて擦れて絡むごとに二人のにおいが混じって、濃くなる。ただ繋がっているだけなのに、呼吸するだけで満たされて、とろりと眠くなるような甘やかな心地良さが永遠と続く。

シダはウェイシの背に腕を回し、爪先で肌を辿り、指の腹で撫で上げる。

ずっと触りたかったオス。

こうして、自分だけのものにしたかった。いっぱい触れて、自分の手垢《てあか》で汚して、汗の一滴さえ溢さぬほど舐めて、歯型を残すほど噛んで齧って、たっぷり匂いを嗅いで、肺の奥底にまで閉じこめて、隙間なくぴったりくっついていたかった。

「……ウェイシとくっついてる」

好きな人とくっついてる。繋がってる。

もう雪色になって大丈夫。シダがそう伝えると、その指先に青い鬣が触れる。

ウェイシの背骨が軋《きし》み、表皮は青い鬣が流れる雪色の毛皮に覆われ、尻尾が伸びる。

シダの背を抱える腕は太くて立派な前脚となり、奥へ進みすぎないように堪える臀筋や太腿は筋肉質で逞しい後脚へと姿を変える。シダの頬を舐め上げる舌は肉厚で、長く、顎からこめかみあたりまでをべろりと一度に舐め上げた。

「んっ、んっ」

短い毛がきれいにそろったウェイシの頬。愛しいオスの頬に両手を添え、かっちりとした鼻先に唇を落とし、美しい形をした口吻に沿って、耳の付け根まで啄む。

ウェイシが、喉の奥でぐるぐる鳴いている。シダの足首に尻尾を絡ませ、股と穴を大きく開かせる。ちっとも抵抗のないシダの体は、自分を貫くオスの大きさに合わせて柔軟に開いた。

「もっと体重かけていいですよ」

「潰す」

「あなたのディヤは丈夫です……っ、あっ、ンぁ……そう、それ……もっと」

重みに任せて、入ってくる。

雪獅子とヒトの体では腰の位置が違うせいか、シダの下半身が浮き上がる。シダは首と腕だけで自重を支え、腰から下は穿たれた陰茎だけで支えられていた。

「お、れも……そっち、なったほうが、いぃ……？」

雪獅族とすこし姿形は異なるが、シダにだって、本性がある。

ウェイシにとって、そちらのほうが犯しやすいなら、そちらになれる。

「それは二回目。……一回目はこっちがいい」

「……な、ん……っで」

ずるずる、ずるずる、腰だけで引っ張られて、シダの体が寝具の上を滑る。

「お前が本性になるのを待ってられん」

動きたい、早く、いっぱい動きたい、犯したい。この穴で、いますぐ気持ち良くなりたい。

「そ、っか……じゃあ、二回目に、する……すきなだけ、うごいて……」

思ったよりも、シダのオスは切羽詰まっていたらしい。

シダが頬ずりして身を委ねると、ウェイシは、鬣で飾られた首を丸めてシダの上半身を支え、ゆっくりと腰を押し進めた。

「……ン、っ、んぁ……ぁー……っ、すごい、腹んなか、重い……ディヤ、これ、すき」

入ってきてる、深いところまで、こんなところまで入ってくるんだ……。

満ち足りた胎を見てシダは幸せに浸り、まだぜんぶ入っていないことに気づいて、きゅうと胸が切なくなる。

まだあんなに入れてもらえる。壊れそう。壊してもらえそう。すごい、うれしい。まだあんなにたくさん残ってる。これからまだたくさん入ってくる。まだあんなにたくさん触れられる部分がある。これまで何度か体を重ねたけど、本当はそんなに深く入ってなかったんだ。本性にならないようにウェイシが気を付けてくれていたんだ。

「うぇい、し、あり、がと……っ、あ、ぃが、と……ぉあ、っひ……ます……っ」

「交尾中に、泣きながら感謝されたのは初めてだ」

「俺で、こんなにおっきくしてくれて、うれしい……うれしくて、もれる……」

正直な体は、嬉しさが募るのに比例して、ずっと漏らしっぱなしだ。

「それは、俺の体積分だけ膀胱《ぼうこう》と精嚢が圧迫されて漏れてるだけだ」

「漏れるくらいいっぱい、うれしい」

「……だいじょうぶか？」

なにをされても嬉しいしか言わないシダに、ウェイシが心配そうに見やる。

「だいじょうぶ、すごい、想像してるよりも深くて……すごい、っ、すご、い……っ、これ、すごい、……っン、ア、あっ、ぁ……っふぁ、あっ、は……っ……」

「ディヤ、小休止だ」

「……え、ぁ……？　あっ、……っ？」

あともうちょっとなのに動きを止められて、シダは笑い顔のまま瞳だけに疑問を浮かべる。

「嬉しいのは分かった。でも、休憩だ」

シダにとって、ウェイシとひとつになれることは、とてもとても嬉しいこと。

心や頭ではそれを理解していても、体には慣れと訓練が必要で、シダの体はまだそこまで経験が追いついていない。

だから、嬉しいのに泣いたり、痛いのに笑ったり、幸せなのに不思議な顔して、「どうしよう、好きなのに、たくさん入ってきてよく分かんない」と混乱して、表情が滅茶苦茶だ。

「……なか、あったかいの、きも、ち……いぃ……」

「あぁ、きもちいいな」

シダと唇を触れ合わせ、もっと声を聴かせてくれとねだる。

目の前に存在するオスに心を許して、甘えて欲しいと伝える。

好きなだけ求めて欲しい。いままでずっと我慢してきた分だけ……。

「くち、きもちい……なか、うずく……」

獅子の陰茎のその亀頭部に無数に生える棘《とげ》が、やわらかい肉の筒を満遍なく、甘く、刺す。刺しているのに奥へ進むから、棘が抜けては刺さり、ひとつ前の棘が刺さったところにもまた刺さり、まだ一度も刺さっていない場所にも刺さり、まっさらな土地を荒らす。

ちくり、ちくり。小さな疼きは、ずくずくとした疼きになる。その疼きも快感になり、痛みすら悦楽となり、痛みで感じることにすら煽られて、シダは、ヒトとは違う陰茎の形に膨らんでいく自分の横腹を撫でる。

陶酔の眼差しで、己の歪な胎を愛おしげに見つめる。

「あぁ、ここだ」

「……ぉ、ぉっ、お……っ、ぉぁ、ぁー……」

ちっちゃな声で、低く、唸る。

結腸口をこつんと叩かれ、ぐにゅりと潰される。

ちゅぱっ、ちゅく。結腸の入り口が陰茎の先端にいやらしく吸いつく。子宮口を開くように陰茎骨で刺激され、「ここに入らせろ」と尖った先端で打たれるたび、奥から、奥から、いくらでも切なさがこみあげて、奥の入り口がゆるく開いては閉じることを繰り返して……。

「分かるか？　越えたの……」

「ぉ、っえ……ぁ……っ、あっ」

一番狭いところを、越えた。

ぷにっとした肉球で、皮膚の上から左の脇腹を押されると、はらわたごと中が動く。結腸の向こう側に陰茎を包みこんだまま、右へ、左へ、ウェイシの前脚で押された方向へ蠢《うごめ》く。

「獣だなぁ……」

喜びのあまり潮を吹くシダを、ウェイシが低く笑った。

ぱしゃっ、ぷしゅ。突き上げた時にだけ、吹く。あまつさえ尻だけで達し、内壁をうねらせて大きく腰を揺らし、絶頂の波が大きくなると腰を落として腸壁を痙攣させる。

声もなくよがり、くるんと白目を剥いて、止まりがちな呼吸で必死に胸を上下させ、ウェイシの手を探して指先をひくつかせる。

「ひっ、っぁ……っ、はい、っ……った……っ、なか、はまって……る……っ」

「これが欲しかったんだろ?」

「んっ、ン……んっ」

鬣にしがみつき、何度も首を縦にする。かり、かり……雪獅子の逞しい肩を掻き、繊細な爪痕を残し、そこで力尽き、立派な上腕に腕を滑らせて、また、欲しいものを探す。

「ん……?　ほら、指はここだ。いま、繋いだ。……分かるか?」

「ん……ゆび、わかる……すき……」

爪の尖った、丸くておいしそうな指。掌に肉球が触れて、ぷにぷにしてる。

シダはふかふかの鬣に埋もれて、素肌を撫で滑る尻尾の心地良さに安堵の息を吐く。

肩や胸から深い息を吐くと、開いた結腸口がもっと開く。小さな窄まりだったそこが、息をするたびにオスの形に馴染んで、伸びて、咥えこんで、招き入れて、……無数の棘で、まっさらな場所に痕をつけることを許す。

「………排卵、する……」

「気が早いな」

「深いとこに出して……」

「さぁ、どうしようか」

「……ぁー……っあ、っあー………っか、は……っあ」

上下に揺さぶられて、か細い悲鳴が漏れる。

ウェイシが動くと、陰茎棘が肉を引っ掻く。いくらでも肥え太る凶器は、根本までずっぷり呑み干して限界まで開いたはらわたを甘く掻き乱し、処女地に無数の傷跡を残す。

結腸口に雁首の段差を引っかけて竿の半ばまで抜くと、膨らんでいた胎の表面がべこりとへこみ、陰茎に巻きついていた直腸が引きずり出され、ぐずぐずの肉が体外に露出する。

「抜くの、やだ」

奥の一番深いところに欲しい。

恥も外聞もなくそうねだるのに、ウェイシは舌なめずりしてシダの胸に固い鼻先を寄せ、その湿った鼻で乳首を押し潰し、熱い吐息を吹きかけて、べろりと舐めしゃぶる。

「もっと可愛くねだる言葉を聞きたい」

「じゃあ、ウェイシが俺のこと可愛くすればいい」

「……負けた」

下手なおねだりや可愛い仕種も可愛いけれど、この手で可愛くしてくれ、可愛く仕込んでくれと乞われたなら、それでもまだ焦らしてみせるほどウェイシも枯れてはいない。

「尻でイってるようだから、腰には力が入らないだろ？　ほら、ずるずる入ってく……」

「っ……ぉ、ぉあ……あ」

「あぁ、うん……すごくきもちぃい。……腹のなか、とろとろ」

どこまでもウェイシを受け入れて、とろりと絡みつき、熱い肉で包んでくれる。

腰から下は、関節のなくなった人形。繋がった場所だけで支えられて、ウェイシが腰を押し進めると、宙に浮いた爪先が不規則に揺れる。揺れるその爪先の親指だけが反り、土踏まずがぴんと張って、たわんで、力が抜けて、また、びくんと跳ねる。

「あし、つる……ぃく、いって……いま、また……いって……いくっ、ひっ、ぃ」

メスみたいにイく。そのたびに、足指の先や脹脛《ふくらはぎ》が攣れる。

中太りした陰茎で精嚢を押し潰され、内壁をこそぎ落とされるたびに、イく。

子袋の中をずりずりと前後され、ぐるりと掻き混ぜられると、前立腺や結腸口の柔らかい粘膜に棘が引っかかって、ちくちく、ずくずく。

「っ、これ……すき……っ、すき……」

「……うん、俺も、お前をこうするの、すきだ」

「はら、ふくらませて……」

「もう膨らんでる」

雪獅子の交尾は、十回や二十回では終わらない。射精の回数も、ひと晩で百や二百では終わらない。メスの肉筒を刺激して排卵を促しながら、休みなく種を付け、犯し続ける。

引き締まったシダの腹筋も、もうすっかり大量の子種汁に負けて、ぼってりと膨らんでいた。陰茎を抜き差しすれば、腹に溜まった精液が、がぽっ、どぽっ……と奇妙な音を立てて、空気と一緒に弾ける。

「立派な胎になったな」

ボテ腹を褒めてやる。

きっと、シダが正気に戻ったら、「あなたの子種が居座ったこのボテ腹では翌日からの仕事に差し障りますので、これからは休みの前日にしてください」と冷たく言われるのだろう。だから、そういう時は、「お前、基本的に休まないじゃないか……」と言い返そうと思う。

そんなことを考えて、そんなふうによそ事を考えていないと、いまにも理性を手放してシダを壊してしまいそうで、もっと他のことを考えないと……自分に言い聞かせるのに、ダメだ。

気持ちが良過ぎて、本能が優位に立つ。

「んっ、ぉあ……っおあっ……ぉお、おっ、あ」

「はっ、っぐ、……ぅ、っ……はっ」

二人して、獣じみた喘ぎ声。

これまでは、子供を作る為の交尾ばかりしてきた。

けれども、思いを交わして、好きだの愛だのを伝える為の交尾は初めてで、なにをされても、なにをしても、視線が絡むだけでも、嬉しい、幸せ、気持ちいい、愛してる、好き、好き、ずっとずっと大好き……感情が溢れて、止まらない。

種付けが一段落すると、正面を向いて抱き合っていたシダの体は、その種が傷つかないよう胎で守り、受精と着床を第一に考える本能が働き、オスから離れようとする。

ウェイシはそれを許さず、シダの体をひっくり返してうつ伏せに組み敷くと、項を噛み、交尾の恰好でまた種を付ける。たっぷりと、いつまでも、ずっと、メスの胎に射精する。

「……っん、……ふ、ぁ……ぉ、ぁー……」

シダは上半身を捻《ひね》って首を仰け反らせ、ウェイシの鬣を掴む。

力加減のできない手指で、愛しいオスの鬣ごと手前にぐいと引き寄せて舌を出し、ウェイシに唇をもらい、くぐもった声を漏らして、ぶるりと身悶える。

ウェイシの重みと寝具の間で潰れた陰茎から、勢いのない潮をじわじわと漏らしていた。

種汁をたっぷりと注がれ、ぼてっと突き出た胎と、陰茎に押し出された臍が、重みに負けてぐしゃりとへちゃげて、シダは、「ぁかひゃん、しんじゃう……」と舌っ足らずに訴える。

「孕んだらこの体勢ではしないから……いまだけ許してくれ」

「……これ、すき？」

「すき」

大好きなメスを自分の体の下にぜんぶ隠して犯せるから、好き。

ウェイシが正直に伝えると、シダは自分で頭を低くして尻を高く持ち上げてくれる。背骨はすっかり骨抜きの、やわらかくなった体で、ウェイシが犯しやすい体勢をとってくれる。

自分の太腿よりも太い陰茎を根本まで咥えたそこは限界まで引き攣れ、穿つたびに腹の皮がぼこぼこと歪む凶器を受け入れ、それでもまだ身を差し出してくれる。

なんて健気で可愛いのだろう。

「愛してる」

かわいい。俺のメスが一等可愛い。俺が、こんなに可愛く育てた。俺を愛して生きることで、こんなに可愛く育ってくれた。不思議なもので、もうこんなにも交尾をしているのに、それでもまだ足りない気がして、「俺は、この子とつがいたい。この子に、つがって欲しい。この子じゃないといやだ」と子供みたいな執着で、一生ずっとこうして繋がっていたくなる。

シダも同じだ。情と欲にまみれたオスのすべてを受け入れて、胎の奥深くで幸せを感じて、それでもまだ伝え足りない、愛を交わし足りない……と尽きることのない愛の深さを思い知る。

「すき」

すき、だいすき、……いっぱいすき、あいしている。

「あぁ、なんだろうな……すごく、すごく……うれしい」

シダを見ていれば、自分を好いてくれていることは分かっていたけれど、こうして好きな人から言葉にして伝えてもらえるのは、すごく、すごく、うれしい。

「すき」

「いままで言わせてやれなかった分、聞かせてくれ」

「すき、だいすき、すき……あいしてる」

いままで意地を張って言わずにいた分、たくさん伝えさせて。

好きと伝えられないことを泣いた夜もあった。愛してしまったこの想いを捨てることもできず、苦しんだ日もあった。この人の背を見つめているだけで涙が溢れる日もあった。馬鹿みたいに恋に狂って、己の押しつけがましい愛だの欲だのを成就させたいと乞い願った。

けれども、そんな愚かは十代の早いうちに終わらせた。

ただただ、愛しい人を幸せにする為に生きていられるだけで幸せだったから……。

でも、それももう終わり。今日からは、愛しい人を幸せにする為に生きて、愛しい人に愛してもらって、愛を惜しみなく伝えて、愛を尽くす日々にする。

二人で、一緒に、幸せになる。

「ウェイシ……すきです」

「俺も好きだ。愛している」

「……すごく、すごく、すきで……すきです。すみません、好きです……好きで、顔を見たら、これからは、その……きっと言わずにいられなくて……だめです、好きです……好き」

「好きなだけ言っていいからな？」

「すきです、だいすき、すき……どうしよう、すき、だいすき……愛しています」

「お前に愛してもらえる俺は幸せ者だ」

いままでずっと好きでいてくれてありがとう。

「ディヤは、あなたに逢えてよかった」

シダは、真正面から差し出した初めての愛をウェイシに受け入れてもらった。

十代のうちに我慢した分だけ、二十代のいまになって、好きなだけ好きと言える権利を得た。

これから、シダは、きっと、朝もなく、昼もなく、夜もなく、「お前、思ったよりも頭のなかが恋愛ごとでいっぱいなんだな」とウェイシが笑うくらい好きと伝えて、「わ、笑わないでください……好きなんです」と言ってしまうくらい、この唇が愛を象るだろう。

その為に、生きるだろう。

【 5 】

十五年前。

北の帝国との戦争が終わるか終わらないかという時節。

水源が豊富なその戦場は、ウェイシの住む王宮にも似た景観だった。

雪獅族が守る城砦は、水辺を好む彼らには過ごしやすく、穏やかな時間が流れ、どこか郷愁を誘い、戦の無聊《ぶりょう》を慰めた。

ウェイシは、奥庭の四阿で昼寝をしている子供を見つけた。

それは、生きた献上品だと一瞥《いちべつ》で分かるほど、きれいな子だった。

その子は、あまりにも心地良さそうに、それでいて寒そうに小さく丸まり、すよすよとよく眠っていた。ほとんど裸に近い恰好で、ボロ布から伸びた手足はひどく痩せて棒切れのようで、額から頬へかけて、大きく「ヒト喰い」と朱墨で書かれ、両足は足枷に繋がれていた。

死んでいるのかと思った。

ウェイシは、そのきれいな生き物に惹《ひ》かれるように歩み寄り、傍近くへ腰を下ろした。

驚いた。子供というのは温かい生き物だという先入観があったから、肌がほんのわずか触れただけのその小さな生き物の異様な体温の低さに、戦場ですら感じなかった死を身近に感じた。

その子は、眠っているくせに温かいものを感じ取ったのか、赤ん坊が暖を求めるように、にじにじとウェイシにすり寄ってきて、腹の下に潜りこんでしまった。

潰しはしないかと慌てて体を横へずらすと、やっぱりまた無意識で追ってきて、ウェイシの太腿を枕に、腹を布団にして、地に着くほど長い鬣に埋もれながら、寝汚《いぎたな》く眠りこけていた。

思わず眠気を誘われるような、愛らしい寝顔だった。

腹が空いているのか、ちゅくちゅくと小さな唇を動かしていた。

戯れに、己の血で濡らした爪をその口端に与えてやると、小さな両手で爪を握って、ちゅくちゅくと吸った。夢見心地にも、ご飯を逃がさないように、両脚をもぞもぞさせてウェイシの尻尾を太腿に挟んで固定し、一所懸命、吸っていた。

すべすべとした太腿がこそばゆくて、ウェイシがぶるりと身震いすると、そのこそばゆさで子供が目を醒ました。

……どうしよう、怒られる、とでも思ったのか、目に見えておろおろしていた。

ウェイシは、驚かさないように寝たふりをした。

逃げるんだろうな……と思った。

そうしたら、その子は、ふにゃりと頬をゆるめてはにかみ、「ふぁふぁ」とウェイシを撫でた。小さな小さな痩せた手で、優しく、優しく、撫でてくれた。まるで母が子に「いいこいいこ」をしてあげるように、ぐずる子を寝かしつけるように、ずっと、ずっと、愛してくれた。

その瞬間、この子を隠したいと思った。

誰にも騒ぎ立てられず、静かに、この子をどこかへ隠して、独り占めしたいと思った。

だから、その子の襟首を噛んで、中庭の暗がりへ連れこんだ。

「あぃがと」

その子は、礼を言った。

脅えるでもなく、逃げるでもなく、ウェイシの首に抱きついて、耳の後ろをうりうりと掻いて、もふもふして、思わず、尻尾がたっしたっし！　となるほどに掻い繰りしてくれた。

そこに、邪魔が入った。

ウェイシを探し回っていた家臣団だ。彼らは、ウェイシの首に抱きつく子を引き剥がそうとしたが、ウェイシの機嫌を窺って遠巻きにするばかりで近付いてこない。ウェイシを畏怖し、ただただ普通にウェイシが「構わん」と言っただけでひどく脅えた。

ウェイシは、自分につきまとう噂や、家臣の心が自身から離れつつあることを理解していた。

もう何年も戦争に明け暮れて、国を勝利に導き続けて、やっともうすこしで平和になる。

国民を幸せにしてやれる、落ち着いた生活を取り戻してやれる。

もう何年もずっとそう思い描いてきた未来を、それを目標として生きてきた未来を、やっとのことで実現できるところまで漕ぎつけた。

なのに、ウェイシは、今現在の自分の有様を想うと、なんだか空しいものを感じていた。

王というのは、こんなにも他者にとっての恐怖になるのだと、知った。

自分なんて、まだ十六歳の、未熟な王なのに……。

殺した敵の数だけ、奪った命の数だけ、自分の周りから優しい手が遠のいていった。

独りだなぁ、と思った。

でも、この子はそうじゃなかった。

雪獅子そのもののウェイシを前にして、「ふぁふぁ」と喜んでくれて、抱きしめてくれた。

鬣に埋もれてしまうほどの小さな体をぜんぶ自分に預けてくれて、ウェイシの頬に頬をすり寄せてくれて、鬣を撫でつけてくれた。

血脂の詰まった爪や、死肉がはさがったままの牙や、ぐるぐると低く唸る声も、「かぁいい」と笑ってくれて、ぼろぼろに擦り切れた小さな手で撫でてくれて、唇をくれた。

戦争ばかりの日々で、ウェイシの毛並みはもうちっともふわふわではないのに……。

白い毛並みも真っ赤に染まって、べっとりと血脂で汚れて、凝固して、膠のような塊になって、櫛も通らなくなって、口も、脚も、尻尾も、なにもかもが化け物そのものなのに……。

この子だけは、寄り添ってくれた。

ウェイシは、この戦で、醜悪な姿をあまりにも世間に晒しすぎた。

誰しもが、この恐ろしい姿を知っている。

きっと、この子も知っているはずだ。

これから先、どれだけ美しく着飾ろうとも、ヒトの形を保とうとも、白く美しい毛並みを取り戻そうとも、その過去が、血腥く、血みどろだということを、皆、忘れはしないだろう。

けれども、この子は、微笑みかけてくれた。抱きしめてくれた。放さないでいてくれた。

ウェイシと同じ血に汚れて、「だいじょうぶ、さみしくないよ」と言ってくれた。

戦争に疲れてまともに眠ることもできなくなったウェイシが健やかに眠れるまで、ずっと、ずっと、草叢に座りこみ、膝を曲げた窮屈な恰好で、ウェイシに体重をかけないように、それでいて、なけなしの自分の体温を分け与えるようにぴたりとくっついて、寄り添ってくれた。

何時間も、何時間も、一晩中でも……。

それこそ、次にウェイシが目を醒ます翌日の昼過ぎまで、一緒に居てくれた。

隙間だらけの薄い太腿にウェイシの尻尾を挟んで、小さな手に鬣をぎゅっと握って離さないで、ウェイシの傍で、安心して、一緒になって眠ってくれた。

生まれて初めて、救われた気がした。

自分がしてきたことは間違いではなかったと思った。

戦に明け暮れたこの人生の先に、こんな素晴らしい生き物がいたのだと知った。

この子と家族になりたいと思った。

この生き物を、大事に、大事に、大事にしたいと思った。

この生き物の望むことなら、なんでもしてあげようと思った。

だから、シダが成長して分別が付き始めた頃に、恋だの愛だのではなく永遠に崩れない家族愛を求めたなら、それに徹した。「王と臣下という立場を明確にしましょう」とシダが言ったなら、ウェイシはその通りにした。仕事以外では、できるだけ接点を持たないようにした。

大事にしたいから。

兄であり、家族であり、王であることで、己に満足を強いた。

発情期の処理を任せる。そんな名目で多少の肉体関係を持ったのも、お互いの境界線を曖昧にして、それが家族としての延長線上にあるものだと錯覚させて、お互いだけが気の許せる存在なのだとシダに学習させて、教えこんで……、でもそれは、自分の傍近くにシダを置く為の方便で、シダを自分だけのものにしておく為の情けない独占欲で……。

シダが立場を明確にすることを望んでからは、ウェイシは、シダの私生活に立ち入らないことにした。シダがそうあることを求めたし、ウェイシも、シダという家族がいれば他になにもいらなかったから、恋愛感情に発展させる必要がなかった。

でも、だめだった……どう足掻いても。

いずれ嫁に来るであろう見ず知らずの存在にも、無意識に、シダと同じだけを求めていた。シダがしてくれることは嫁もしてくれて当然だと、存在しているのかも分からない相手に多くを求めすぎていた。

そして、ある日、現実に直面した。

シダを嫁にできるかもしれない。自分のメスにできるかもしれない。もっと、もっと自分のものにできるかもしれない。でも、もしかしたら、近い将来、シダが自分以外に恋をして、愛して、自分以外と家庭を築いて、そのどこの誰とも知れぬオスと家族になってしまうかもしれない。……そう思うと恐ろしくて、誰かに奪《と》られるのがいやで、絶望した。

あの日、あの時、ウェイシにだけ向けられた愛情が、ウェイシを支配していた。

だいじょうぶ、こわくないよ。ちっともさみしくないよ。痛いことしないし、傷つけないよ。

もし、俺がウェイシを傷つけると思ったら、殺していいよ。食べていいよ。

だいじょうぶ。おれがつがってあげる。今日から、おれがつがいだからね。

絶対に、俺があなたを守ってあげる。もうなにもこわくないよ。

つがいは、えいえんに、ずっと、いっしょだから。

あなたのつがいは、あなたの為に生きて、あなたの為に死ぬ。

「アハムトヴァディーヤ（私はあなたのもの）」

その子は、その子の使っていた言葉で、必死になってウェイシに愛を伝えようとしてくれた。

一所懸命、「俺だけは傍にいるよ、きみのものだよ、つがいだよ」と伝えようとしてくれた。

五つか六つそこらの子供が、ウェイシを庇い、抱きしめてくれた。

ウェイシの代わりに戦うと言わんばかりに勇ましく微笑み、ウェイシの汚れた前脚をぎゅっと強く握りしめ、「行ったらだめ」と言ってくれた。

戦いに行かなくていいと、初めて言ってもらえた。

ウェイシの代わりに俺が死んであげるから。痛いところがあるなら俺を食べていいから。おなかのなかで一緒に生きてあげるから。もう戦わなくていい。もう頑張らなくていい。

俺が頑張るから。

まだ、たったの、五つや六つの子供が、だ。

大人顔負けに、ウェイシを庇った。

お前こそまだまだ大人の庇護下にあるべきで、大事に大事に懐の内に抱かれて、意味も理由もなくにこにことしているべきで、死と隣り合わせのこんな場所で、「せんそうのあとのね、したいね、ごはんになるよ」と嬉しそうに笑いながら、死肉を漁るべきではないのだ。

俺を守るのではなく、「まもって、こわい」と俺にねだって甘えることこそ、すべきなのだ。

なのに、この子は、十五年間ずっと俺を幸せにする為だけに生きてきた。

俺の為に生きてくれるのだから、この子を、恋だとか、愛だとか、好きだとかではなく、それよりももっと確かなもので、ただずっと傍に置いておこうと誓った。

誓ったけれど、この子が自分以外のオスの子を孕むのはいやで、やっぱり、自分の望むとおりにしたくて、終《つい》には、この子を孕ませてしまった。

だって、どうしても、我慢ができなかったのだ。

自分の子をシダ以外のメスに産ませることなんて……できなかったのだ。

＊

「今年で、出会って十九……二十年目？　……ですか？」

「そんなものだな」

「…………休み……久しぶりですね……」

「だなぁ……ふ、ぁあぁ……」

くぁああ、とシダが大きな欠伸をすると、ウェイシにも欠伸がうつる。

「ぁー……」

シダが舌を出せば、摘んだばかりの青い花の花弁を、ウェイシが手ずからその舌へ乗せる。青く瑞々《みずみず》しい花弁が唇の向こう側へ引きこまれ、赤い舌と上顎の間で、ふしゃりと崩れる。シダはその唇でウェイシに口づけ、何度か咀嚼したそれを口移しでウェイシに押しつけた。

「……どうした？　これ、好きだったろ？」

シダの口から引き受けた青い花びらを、こくんと飲み干す。

「ん、……なんでしょう、久々に食べたせいかもしれませんが、あまり……」

「小さい頃からずっと好きだったのにな……？」

「それより水色の花のほうが好きです」

昼下がり、水と緑に囲まれた庭園で、二人そろって久方ぶりの休日を楽しむ。

「……あぁ、いまの時期はこちらのほうが美味いか」

水色の花を摘み、蜜を吸ってシダに口づける。

「……こっちのほうが甘酸っぱいです」

「…………これ、そんな味だったか……？」

「ウェイシ……」

「ん……？　……あぁ、どうした？」

「……すき」

「俺も、好き。愛してる」

「……すきです、すき……すき、す……っふ、ぁあ……あー……ふ」

「でっかいあくびだな。……今日、何度目だ？」

「……すみません、分かんないです……ねむい……しっぽ、にくきゅ……」

ヒト型のウェイシに耳と尻尾を出してもらって、右手で肉球を無心で押しながら、左の手指で耳の付け根を弄り倒し、内腿の間に尻尾を挟んで、あぷ、とウェイシの顎先を噛む。

「忙しい奴だな、お前は……ほら、こっち来い」

こうして、二人きりでゆるゆるとした時間を過ごすのも、久しぶりだ。

腹にシダを乗せてやると、シダはウェイシの胸に頬を寄せてごろごろ目を細めた。

「……シダ、お前……」

「はい、なんですか？」

「体重、……増えたか？」

「どうでしょう……いつも通りだと思いますが……重いですか？」

「お前、もしかして……！」

生欠伸を繰り返すシダの、服の背中側をべろっとめくるなり、ウェイシが血相を変えた。初めてそれと間違えた時よりも、もっと分かりやすく、表側に胎があまり出ずに、背中側に目立つような腰回りの張った体型。

「食の好みも変わったな？　味覚の感じ取り方も違うな？　……体温は？」

「ウェイシ、くすぐったい」

項に手を当てられて、シダは頬をゆるめて笑う。

「……夏だと思って油断した。去年の夏より体温が高い。生欠伸も増えてるし、いまみたいにお前が腑抜けた顔して頬っぺたゆるめて笑う姿なんか、抱いてる時以外じゃ八歳が最後だぞ。……あぁクソ、お前、吐き悪阻がないんだな？　油断してた……」

「……ウェイシ？」

「…………シダ、せばらみ……って知ってるか？」

「知っています。もう肉の部位と間違えません」

「自信満々に言わない……あぁもう……あぁ、もう……そうだった、お前はそうだった……ここぞという時に間が抜けてるというか、そういうところに気を回すのが俺の役目だった」

ウェイシは、のそりと芝生に寝そべると立派な雪獅子の姿になり、「地べたに寝転がるな、とりあえず二人で落ち着いて、温まろう」と、大事な大事なお妃《きさき》さまを己の懐へ抱えこんだ。

「ウェイシ、俺、これからも頑張って働いて、戦って、あなたと子供を守ります」

シダは、二十年ずっと連れ添ったオスの子を胎に抱えて、これからは、ウェイシと、この子の両方を守って、大事な家族を幸せにする為に生きていく。

自分なりに、ウェイシと一緒に、家族を作っていく。

「……当分、物理的に戦うのは俺に任せてくれると嬉しい」

「はい」

シダは雪獅子さまのもの。

ずっと、ずっと、あなたのもの。

いまもむかしも、これからも。

あなたのシダは、あなたの幸せを守る為に、あなたに守られて、一生一緒に生きていきます。

あなたのシダは、あなたに愛されて、あなたに幸せにしてもらう生き物です。

「俺はあなたのもので幸せです」

シダは、愛しいオスの鬣を手繰り寄せ、唇を重ねた。

【 あとがき 】

ダリア文庫様ではお初にお目にかかります。

鳥舟あやと申します。

シダは雪獅子さまのもの、お楽しみいただけましたでしょうか。

主従、人外、獣、共依存、孕ませ、嫁とり、中華と中東文化の入り混じった民族風な文化形態、ニコイチで一緒に居すぎたあまりお互いの境界線が曖昧な二人、戦争帰りで生死を共にした経験のある二人……などなど、大好きなものを詰めこみました。

早速ですが、今回あとがきを三ページほど頂戴しておりまして、折角ですので、各キャラのとりとめもないエピソードなどをお届けできればと思います。

シダ。雪獅子さまのことにかけては脳味噌お花畑の軍人。実は紛薬を飲むのが苦手でいつもお茶で流しこんでいる。たまに噎せたりして、咳込んでいる声を隣の部屋のウェイシが聞きつけて、「大丈夫か？　ほら、こっちにしろ」って葛湯や甘いジャムに薬を混ぜて飲ませてもらうことが二十一歳になった今でも時々あるのがちょっと恥ずかしい。熱いお風呂が嫌いで、人前に立つことさえなければ着替えも面倒臭くて、嫌いな食べ物はないけれど放っておくと好きなものばっかり食べる。私生活ではわりと幼児みたいなところが多くて手のかかる子です。

日常生活が壊滅的というより無頓着な二十一歳男子。シダの生き方は、自己犠牲というよりも、好きな人の為に一所懸命になって生きているうちに気づいたら自分のことは二の次になっていた、という感じでしょうか。あとちょっと天然。

ちなみにウトパラのことは親友だと思っているけど仕事以外で呑んだことは一度もありません。アクイラのことは心のなかでお父さんと呼んでいるけどアクイラはまだ三十代。

ウェイシ。好きな子に「ウェイシの物」っていう名前をつける感性の持ち主。シダとの閨事がすべて公式に記録されようが、子供の頃の寝小便や精通した日が記録に残っていようが、まったく気にせず「俺の息子の精通は何歳だろうな」と言える感性。メンタル強い。ずっと戦争ばっかりの人生だったので、いま、シダと一緒に遅い青春を謳歌しています。

ウェイシとシダの名づけが気に入っています。二人で一つって感じがするので。

アクイラ。シスコン。妹と一緒に難民としてセン国に入ってきたので、とても苦労しています。将来、まるで弟や息子にするように見守ってきたシダの胎が膨れてきた時には、妹の腹が膨れた時と同じくらいの胃痛を抱える破目になります。おにいちゃんは心配性。

ウトパラ。美人の宦官で知恵も回るはずなのに、拳に訴える派。ちんちんはない。本名は別にある。有力者の家系出身で育ちが良いのに口が悪くて、椅子のない戦場で部下を四つん這いにさせて椅子にするタイプ。シダに親友だと思われているのが納得いかないけど否定はしない。ウトパラは書いていてめちゃめちゃ楽しかったです。

寒さも厳しくなるこの季節、シダは雪獅子さまのもっふもふに素っ裸で埋もれていることと思います。一度も寝過ごしたことのない軍人が寝過ごすほどの毛並みってきっとすごいはず。あったかいふぁふぁに包まって、雪獅子さまとじゃれ合って、二人で寝床でごろごろしているうちに二度寝して、こうして仕事の鬼はちょっとずつ人間らしくなって、凶暴で残忍な王だという噂も薄れて子煩悩で愛妻家な王様だと巷間《こうかん》に広まるのかな……と思うと微笑ましいです。

末尾ではありますが、関係各位に御礼をば。

この作品に携わってくださった担当様。お話を頂戴した初期の話し合いのお蔭でこの雪獅子様を思いつきました。中期では、担当様に教えていただいたことや明るいお声に勇気づけられてこの話が完成に近づきました。後期においては、微に入り細に入りフォローをくださったお蔭でこの形へと辿り着くことができました。支えてくださって本当にありがとうございます。

挿画を描いてくださった石田 要先生、ありがとうございます。表紙を拝見して、「将来、子供が生まれたらウェイシ様のこの立派でかわいいお耳もお子様たちにぁぐぁぐされちゃうんだろうな」と想像しました。しかも、シダの声はいつどこでも聞き分ける賢いお耳！

そして、いつも仲良くしてくれる友人たち、応援してくださる読者様、この本を手にとり、読んでくださった方、本当にありがとうございます。

皆さまのお蔭で、またひとつこうして本にすることができました。

いずれ再びダリア文庫様でお目にかかることできれば光栄です。

けも耳萌え♡

初出一覧

シダは雪獅子さまのもの ………………………… 書き下ろし
あとがき ………………………………………………… 書き下ろし

ダリア文庫をお買い上げいただきましてありがとうございます。
この本を読んでのご意見・ご感想・ファンレターをお待ちしております。

〒170-0013 東京都豊島区東池袋3-22-17　東池袋セントラルプレイス5F
(株)フロンティアワークス　ダリア編集部
感想係、または「鳥舟あや先生」「石田 要先生」係

シダは雪獅子さまのもの

2018年2月20日　第一刷発行

著　者
鳥舟あや

発行者
辻 政英
発行所
株式会社フロンティアワークス
〒170-0013 東京都豊島区東池袋3-22-17
東池袋セントラルプレイス5F
営業　TEL 03-5957-1030
編集　TEL 03-5957-1044
http://www.fwinc.jp/daria/
印刷所
中央精版印刷株式会社